Slamet Widodo

Sang Germo

[Mami]

PIMEDIA

Sang Germo (Mami)
Slamet Widodo

Penyunting: Ikhwanul Halim
Desain Sampul & Tata Letak : Tim Pimedia

Diterbitkan oleh PIMEDIA Bandung
Cetakan pertama, 2021

ISBN 978-623-96446-5-9

Dicetak oleh PIMEDIA Bandung.

Novel ini penulis persembahkan untuk:

1. *Istriku tercinta, Tri Wahyuningsih, S. Pd.*
2. *Anak-anakku :*
   -M.Tanzil Pramudya Nugraha
   -M. Rizal Malik Setiaji
   -Anisa Widya Nugraha
3. *Cucu pertamaku :*
   -M. Hafizh Joan Muaffa'
4. *Ibu Mertuaku yang ada di Boyolali, juga kakak dan adik iparku yang berada di Boyolali, Salatiga, Ambarawa, Semarang, Tegal, dan Kalimantan Barat.*
5. *Segenap rekan kerja di SMP Negeri 1 Toroh.*

PENGANTAR DARI PENERBIT

Ketika Komunitas 'Mengarang Bebas' (sekarang: Real Authors Society) mengadakan *event* 'Menulis Novel Serentak 30 Hari' (1 Feb 2021 – 2 Maret 2021) di laman facebook, Mas Slamet Widodo menyatakan berminat untuk ikut.

Bukanlah hal yang mudah untuk konsisten menulis selama 30 tiga puluh hari di tengah kesibukan sehari-hari, tapi dari sekian peserta, mas Slamet sudah membuktikan bahwa dirinya mampu menyalakan api semangat hingga akhir yang dibuktikan dengan kehadiran novel ini di tangan Anda.

Tema yang dipilih Mas Slamet bukanlah topik biasa dan termasuk berani. Memang, sebelumnya sudah ada pengarang yang mengambil dunia remang-remang bisnis 'esek-esek' seperti yang menjadi alur novel *Sang Germo [Mami]*. Sebut saja *'Sang Mucikari'* (Gramedia Pustaka Utama) karya V. Lestari. Namun, Mas Slamet tidak menulisnya menjadi sebuah karya erotis nan vulgar. Tanpa menggurui—*padahal beliau berprofesi sebagai guru*—ada pelajaran yang bisa dipetik pembaca.

Saya percaya, Mas Slamet Widodo akan mampu mene-lurkan novel-novel berikutnya yang akan memperkaya khasanah literasi Indonesia.

Ikhwanul Halim
Direktur Pimedia

KATA PENGANTAR

Puji syukur kehadirat Allah SWT, atas rahmat serta hidayah-Nya, penulis dapat menyelesaikan buku novel berjudul *Sang Germo (Mami)*, dalam rangka mengikuti event menulis novel di grup FB Mengarang bebas.

Sholawat dan salam tidak lupa penulis haturkan kepada junjungan Nabi Agung, Muhammad SAW, beserta istri, anak, dan para sahabat, yang kita nanti-nantikan safa'atnya pada Yaumil Kiyamah kelak.

Novel *Sang Germo [Mami]* hanyalah cerita fiksi rekaan penulis tentang seorang wanita yang dalam kehidupannya pernah menjadi bos bisnis esek-esek. Terlepas dari kekurangan latar tempat, relevansi dengan keadaan kondisi masa sekarang. Namun, itulah yang hasil dari pengembaraan imajinasi penulis.

Terima kasih penulis ucapkan pada Mas Ikhwanul Halim (Direktur Pimedia), Mbak Nisrina, Mas Ahmad Maulana S, Mbak Sari Ariyanto, dan teman-teman yang telah memberikan dorongan kepada penulis, dapat menyelesaikan novel tersebut.

Tiada yang sempurna di dunia ini, kecuali Allah semata. Begitu juga dengan novel penulis yang masih jauh dari kata sempurna. Kritik dan saran sangat penulis harapkan, untuk penulisan dan penerbitan yang akan datang.

Purwodadi, April 2021

Penulis

DAFTAR ISI

BAB 1. WARUNG KOPI

Sore itu, cuaca mendung tampak menaungi langit di atas Desa Rejosari, sebuah desa yang terletak di pinggir jalan raya Purwodadi-Blora. Namun suasana desa yang terkenal dengan beberapa warung kopinya itu, tetap terlihat ramai. Beberapa truk dan mobil, juga sepeda motor terlihat berhenti di depan sebuah warung kopi yang cukup terkenal di Desa Rejosari. Padahal, dinding serta meja dan kursi, semuanya terbuat dari bambu. Lantainya pun juga masih tanah liat. Rata-rata warung kopi yang ada di Desa Rejosari tempatnya sederhana.

Salah satunya warung kopi milik Pak Sukirno dan istrinya Bu Juarmi. Warung milik pasangan suami-istri setengah baya itu, setiap harinya cukup lumayan ramai. Apalagi Pak Kirno panggilan sehari-harinya dan Bu Juarmi, mempunyai seorang anak perempuan yang berwajah cantik. Anaknya itu diberi nama Suranti, gadis berusia sekitar dua puluh tahun yang mempunyai bodi aduhai dan sangat seksi, membuat mata para laki-laki tak berkedip saat memandangnya.

Suranti memang anak satu-satunya dari Pak Sukirno dan Bu Juarmi. Dia yang sudah lulus SMA setahun yang lalu, tidak bisa melanjutkan kuliah karena keterbatasan ekonomi kedua orang tuanya. Makanya begitu lulus sekolah, Suranti pekerjaan sehari-harinya hanya membantu berjualan di warung kopi orang tuanya itu. Namun, sejak Suranti membantu berjualan, warung kopi Pak Kirno dan Bu Juarmi tiap hari selalu ramai dikunjungi para pembeli yang umumnya kaum laki-laki. Bahkan pernah ada satu orang laki-laki entah dari mana asalnya, minum kopi sampai beberapa gelas, sembari ingin melihat kecantikan Suranti dari dekat.

"Hai, Suranti. Bapak dan ibumu ke mana?" tanya Kang Trimo tetangganya, saat sore itu datang ke warung Suranti untuk sekadar minum kopi.

"Ada, Kang. Baru di belakang. Lagi mandi kali, ya," jawab Suranti sembari menyeduh kopi pesanan Kang Trimo.

"Kebetulan, nih. Aku mau ngomong sama kamu," ujar Kang Trimo.

"Omong apa, Kang?" tanya Ranti. Tangannya meletakkan segelas kopi panas di depan Kang Trimo.

"Ee, kamu sudah punya pacar belum?" bisik Kang Trimo. Kebetulan sore itu, belum ada pembeli yang lain. Mungkin karena cuaca mendung, sehingga orang malas untuk keluar rumah. Termasuk para pengemudi truk jarak jauh, belum juga kelihatan berhenti.

"Emangnya kenapa, Kang?" Alis Ranti naik ke atas mendengar pertanyaan tetangganya yang sudah menduda sekitar tiga tahun itu.

"Gimana kalau kamu aku lamar, Ranti?" Raut wajah Kang Trimo sedikit tegang.

"Apa, Kang? Enggak salah dengar aku?" Ranti pura-pura kaget.

"Huuss, jangan keras-keras. entar kedengaran tetangga sebelah," ujar Kang Trimo. Wajah tampak malu sekali.

"Hahahahaha ... Kang Trimo ini ada-ada saja. Aku sudah punya pacar, Kang. Seusiaku, usia Kang Trimo berapa? Pantasnya jadi pakdeku, Kang," kata Ranti dengan tersenyum. Dia mungkin sudah paham, kalau tetangganya itu hanya ingin menggodanya.

"Aduh, udah punya, ya? Telat aku," keluh Kang Trimo dengan wajah terlihat kecewa.

"Sudahlah, Kang. Jangan terlalu bermimpi. Cari yang seumuran saja untuk pengganti mendiang Yu Dirah," kata Ranti. Yu Dirah itu nama istri Kang Trimo yang sudah meninggal dunia.

Kang Trimo hanya geleng-geleng menatap senyum Suranti serta bodinya. Mungkin dalam benak Kang Trimo ada semacam khayalan seandainya dia bisa memperistri Suranti.

Petang mulai datang, truk-truk jarak jauh mulai berdatangan dan parkir di pinggir jalan sepanjang bahu jalan deretan warung kopi berada di sekitar Desa Rejosari. Warung-warung kopi mulai ramai dikunjungi para pelanggannya. Lebih-lebih warung kopi milik Pak Kirno dan Bu Juarmi terlihat sangat ramai. Saking ramainya, bangku-bangku yang terbuat dari bambu itu tak muat diduduki para pembeli yang datang. Bu Juarmi lalu menggelar beberapa tikar di sekitar warungnya.

"Anaknya mana, Bu? Kok, enggak kelihatan?" Selalu itu pertanyaan yang terlontar dari para pelanggannya, bila Suranti belum kelihatan di warungnya.

"Ada di belakang. Bentar lagi juga keluar," jawab Bu Juarmi sembari tersenyum pada pelanggannya. Itu memang harus dilakukan, agar para pelanggannya membeli kopi di warungnya. Kalau dia sampai pasang muka cemberut, bisa dipastikan pelanggannya lari ke warung sebelah.

Benar juga kata Bu Juarmi, tak berapa lama anak perempuannya yang bernama Suranti keluar. Para pembeli yang semuanya kaum laki-laki itu tampak riuh melihat Suranti mulai membantu orang tuanya melayani pembeli. Berkaos merah menyala, bercelana pendek cukup ketat, mata para laki-laki yang ada di warung itu bertambah melotot. Lalu, terdengar ocehan-ocehan tak karuan yang keluar dari mulut mereka, disertai kepulan asap rokok yang memenuhi langit-langit warung. Namun, Suranti sudah terbiasa dengan suasana seperti itu. Gurauan dan candaan dari para pelanggan warung tuanya, hanya dianggap angin lalu. Suranti tak pernah menanggapinya dengan serius. Hanya saja Suranti menerapkan manajemen pelayanan atau servis yang pernah didapat di bangku sekolah dulu.

Walaupun begitu, para pelanggan warung kopi orang tuanya belum ada satu pun yang berbuat kurang ajar pada Suranti. Masih sebatas gurauan antara penjual dan pembeli, memang kadang gurauannya ada yang kebablasan. Namun, tidak sampai menimbulkan kerusuhan.

BAB 2. OPNAME

Mungkin karena kelelahan atau entah karena apa, setelah matahari baru saja muncul, Pak Sukirno tiba-tiba jatuh terkapar di dekat pintu dan tubuhnya menimpa perabot rumah yang yang ada di dekat pintu.

Grompyaaang!" Suara itu tentu saja membuat kaget Suranti yang baru saja terbangun dari tidurnya. Lantas dia bergegas keluar dari kamar.

"Bapaaak!" Teriak Suranti, begitu mengetahui orang tuanya terkapar dekat pintu penghubung ke ruang dapur. Suranti lalu menghampiri bapaknya. Saat tahu bapaknya pingsan, dia lalu buru-buru keluar rumah mencari pertolongan. Juarmi, ibu Suranti, belum pulang dari pasar.

Tak berapa lama, Suranti kembali bersama dua orang laki-laki tetangga dekatnya. Tubuh Pak Kirno segera mereka angkat dan dibawa ke mobil yang sudah ada di depan rumah Suranti. Kebetulan waktu Suranti keluar rumah tadi, lewat sebuah mobil angkutan umum datang dari arah Wirosari. Suranti langsung meminta mobil itu berhenti di depan warung.

Setelah Pak Kirno sudah berada dalam mobil, bersama Suranti dan salah satu tetangganya, mobil segera berangkat menuju ke rumah sakit yang ada di Purwodadi.

Seperempat jam kemudian, mobil yang membawa Pak Kirno tiba di Rumah Sakit Umum Purwodadi. Begitu diturunkan dari mobil, langsung dibawa ke ruang UGD oleh dua orang perawat.

"Maaf, Mbak tunggu di luar. Biar dokter dan kami yang menanganinya," kata salah satu suster pada Suranti saat berada di depan pintu ruang UGD.

Suranti lantas duduk di ruang tunggu, ditemani salah satu tetangganya yang ikut mengantar sampai rumah sakit.

"Udah, Ranti. Semoga bapakmu enggak kenapa-kenapa," ucap laki-laki yang duduk di sampingnya.

"Iya, Kang. Tapi aku tetap khawatir," ucap Suranti dengan raut wajah cemas.

Tak berapa lama, Juarmi ibu Suranti datang ke ruangan itu.

"Bagaimana bapakmu, Ranti?" tanya ibunya.

"Masih ditangani dokter, Bu," jawab Suranti.

"Ibu sangat khawatir dengan kondisi bapakmu, Ranti. Sebab selama ini, enggak pernah mengeluh apa-apa."

"Kita berdoa saja, Bu. Semoga Bapak enggak kenapa-kenapa."

"Amin."

Tak berapa lama, pintu ruang pemeriksaan di UGD terbuka. Keluarlah seorang laki-laki berseragam putih-putih, di lehernya bergantung stetoskop. Suranti dan ibunya bergegas menghampiri.

"Bagaimana kondisi Bapak saya, Dokter?" tanya Suranti.

"Sampai saat ini, Pak Sukirno belum sadarkan diri. Tapi perlu saya sampaikan, ginjal pasien salah satunya sudah tidak berfungsi dan gula darah pasien juga tinggi," papar dokter itu.

"Tapi, suami saya masih bisa diselamatkan 'kan, Dok?" Raut wajah Juarmi terlihat sangat gelisah.

"Kemungkinan masih bisa, dengan jalan operasi dan itu pun menunggu pasien dalam kondisi baik. Namun, setelah operasi selesai, pasien wajib cuci darah satu minggu dua kali," kembali dokter itu menjelaskan.

Mendengar kata cuci darah, wajah Suranti dan Juarmi seketika bagai tersengat aliran listrik. Mungkin keduanya pernah mendengar, biaya cuci darah itu mahal. Apalagi dilakukan satu minggu dua kali, tak terbayangkan berapa banyak biaya yang akan dikeluarkan, belum termasuk untuk kebutuhan lainnya.

"Kalau boleh tau, biayanya sekitar berapa ya, Dokter?" tanya Suranti.

"Silahkan bertanya ke bagian administrasi. Maaf, saya permisi." Dokter berlalu dari hadapan Suranti dan ibunya.

Suranti dan ibunya bergegas menuju ke ruang administrasi. Di ruang administrasi cukup ramai, terpaksa Suranti dan ibunya mengantre.

Setelah mendapat giliran, ibu dan anak itu maju ke depan petugas. Lantas petugas itu menghitungkan estimasi dana yang harus dikeluarkan untuk biaya operasi.

"Kira-kira lima puluh juta, Bu, Mbak. Itu pun untuk kelas III kamarnya," ujar petugas administrasi, sembari menyerahkan selembar kertas yang berisi rincian biaya.

Mendengar penjelasan dari petugas bagian administrasi itu, kembali raut wajah Suranti dan ibunya seperti tersengat aliran listrik tegangan tinggi. Ibu dan anak itu berpikir, dari mana mendapatan uang sebanyak itu, sedang penghasilan dari warung kopi mereka hanya cukup untuk kebutuhan sehari-hari? Meski setiap hari warung ramai, tetapi hasilnya sebagian besar sudah dibelikan sepetak sawah di Dusun Geneng.

"Gimana ini, Ranti?" Juarmi wajahnya seketika terlihat rusuh.

"Ya, mau gimana lagi, Bu? Mau tidak mau, bapak memang harus menjalani operasi dan mulai hari ini, bapak pun harus diopname," ujar Suranti pada ibu kandungnya itu.

Juarmi hanya diam, wajahnya menatap sendu orang-orang yang lalu-lalang di depannya. Suranti yang berdiri di sampingnya juga ikut terdiam. Tangan kanannya memeluk bahu ibunya, seolah memberi semangat pada Juarmi agar sabar menghadapi cobaan yang sedang menimpa keluarga mereka. Sementara, di luar matahari mulai terik. Namun, wajah Suranti dan ibunya, saat itu tidaklah seterik matahari. Terlihat lesu serta lusuh.

BAB 3. TERPAKSA MENIKAH

Pak Sukirno telah selesai dioperasi. Kondisinya sudah cukup membaik pasca operasi. Namun, setelah itu masih harus tetap kontrol dan melakukan cuci darah satu minggu dua kali. Juarmi dan Suranti dengan terpaksa menjual sawahnya yang tak seberapa luas di Dusun Geneng. Sawah itu terjual dengan harga dua puluh juta dan telah habis untuk biaya operasi dan pengobatan Pak Sukirno. Memang ada sedikit sumbangan dari para pelanggan warung kopi Pak Sukirno, tetapi hanya cukup untuk memenuhi kebutuhan di rumah sakit beberapa hari saja.

Sore itu, Suranti membuka warung kopi orang tuanya. Sementara, Juarmi menjaga bapaknya yang masih dalam masa pemulihan di rumah sakit.

"Buatkan aku kopi," ujar Kang Trimo tetangga Suranti saat sudah ada di depan pintu warung.

"Iya, Kang. Silakan duduk dulu," kata Suranti sambil menyiapkan gelas.

"Gimana, bapakmu? Sudah baikkan?" tanya laki-laki yang sudah menduda hampir tiga tahun itu.

"Sudah. Tinggal masa pemulihan, tapi—" Suranti tak melanjutkan perkataannya.

"Tapi apa, Ranti?"

"Iya, itu. Bapak harus cuci darah, dua kali satu minggu."

"Ooo ... aku tahu maksudmu. Kamu memikirkan biayanya, kan?" tebak Kang Trimo.

"Itulah, Kang. Aku dan ibuku bingung. Cari biaya ke mana lagi, sedang sawah yang di Geneng udah terjual dan uangnya udah habis," keluh Suranti. "Nih, kopinya, Kang," lanjutnya.

"Kamu tenang aja, biar nanti Akang bantu," kata Kang Trimo sembari menerima secangkir kopi dari tangan Suranti.

"Beneran, Kang?" Wajah Suranti seolah tak percaya.

"Bener. Asal kamu mau nikah sama aku. Gimana?" tanya Kang Trimo.

Suranti terdiam mendengar pertanyaan Kang Trimo. Alis matanya berkerut, mungkin dia baru memikirkan tawaran laki-laki berstatus duda, sekaligus tetangganya itu. Usia Kang Trimo hanya selisih dua tahun dengan umur bapaknya, tetapi dia orang terkaya di kampung Suranti. Apalagi pacar Suranti, Didik Purnomo yang berprofesi sebagai sales produk parfum, sudah dua bulan tidak pernah datang ke rumahnya. Didik pun juga sudah jarang menghubungi Suranti baik lewat pesan maupun telepon.

"Udah. Tak perlu kamu jawab sekarang, Ranti. Tapi ingat, kesembuhan bapakmu juga masih memerlukan banyak biaya. Nih, kopi satu dan pisang goreng dua," kata Kang Trimo memberikan selembar uang duapuluh ribu, lalu pergi begitu saja, tanpa meminta kembalian. Suranti tersentak dari lamunannya dan hanya memandang kepergian Kang Trimo dari warungnya.

***

Suranti akhirnya menerima pinangan Kang Trimo tetangganya yang berstatus duda tanpa memiliki anak. Itu pun Suranti menerimanya demi kesembuhan bapaknya dan juga desakan dari Juarmi, walaupun sebagian tetangga banyak yang memberikan cibiran serta celaan. Suranti tampaknya sudah siap menerima apa pun resikonya menikah dengan Kang Trimo. Rata-rata orang memandang Suranti mau menikah dengan duda kaya raya itu hanya karena hartanya. Apalagi usia Kang Trimo hanya terpaut dua tahun dengan bapak kandungnya sendiri. Suranti dan Kang Trimo, usianya terpaut jauh, hampir dua puluh tahun.

"Apa betul Suranti anaknya Bu Juarmi itu mau menikah sama Kang Trimo yang duda itu?" tanya seorang wanita setengah baya di depan sebuah warung kelontong.

"Iya, betul. Mungkin Suranti mau sama duda kaya itu karena hartanya. Padahal umur duda itu 'kan sepantaran sama bapaknya," jawab wanita pemilik warung kelontong.

"Mungkin juga ya, kan Pak Sukirno bapaknya Suranti lagi sakit keras. Kabarnya butuh biaya tak sedikit," timpal wanita satunya yang berbaju motif batik.

"O ... pantesan Suranti mau sama Kang Trimo," tegas wanita yang pertama membicarakan tentang Suranti tadi.

Ibu-ibu di kampung Suranti tinggal memang sedang ramai mempergunjingkan Suranti yang sudah menerima pinangan Kang Trimo, duda kaya raya pengusaha mebel. Mungkin mereka tak mengira, kalau Suranti gadis cantik yang usianya masih muda, mau menikah dengan seorang laki-laki yang umurnya sangat jauh lebih tua darinya. Namun, dua minggu kemudian akhirnya Suranti pun telah menikah dengan Kang Trimo. Itu sah-sah saja. Kang Trimo seorang duda dan Suranti masih gadis. Tak ada yang salah mereka membina ikatan rumah tangga yang diakui oleh agama serta negara. Toh pada akhirnya para tetangganya juga turut hadir di pesta pernikahan Suranti dan Kang Trimo. Apalagi, di pesta pernikahan itu, para tamu disuguhi berbagai makanan yang lezat dan beraneka rupa, serta ada hiburan gratis dari sebuah orkes dangdut.

Semua tamu yang datang malam itu, ternyata turut berbahagia menghadiri pernikahan Suranti dan Kang Trimo yang menggunakan adat Jawa. Tampak kedua orang tua Suranti yang mengapit pengantin wajahnya terlihat sumringah, begitu pun pengantin laki-laki yang sudah tidak mempunyai orang tua. Suranti juga sering melontarkan senyumnya, walaupun terlihat dibuat-buat. Namun, dari ratusan tamu yang hadir, ada satu wajah yang tampaknya sangat kecewa. Dialah Didik Purnomo, pacar Suranti. Didik hanya melihat dari kejauhan, saat Suranti dengan tersenyum menyalami tamu yang memberikan ucapan selamat pada mantan kekasihnya itu.

BAB 4. KEHILANGAN

Raut wajah kecewa terlihat menempel di muka Kang Trimo pagi itu. Dia seakan tak menyangka, gadis cantik tetangganya yang orang tuanya penjual kopi itu ternyata sudah tidak perawan. Berbagai umpatan dan sumpah serapah keluar dari mulutnya bersamaan dengan asap rokok mengepul di bibir yang berwarna hitam.

"Bedebah, aku tertipu. Aku terpana dengan kecantikan dan bodi Suranti yang aduhai, tapi nyatanya dia udah bagai barang bekas. Juangkrik!" Umpat Kang Trimo mondar-mandir di ruang tamu rumahnya.

Mata Kang Trimo sedikit melotot, dia tatap vas bunga yang terbuat dari bahan campuran kaca, yang ada di atas meja. Diraihnya vas bunga itu. *Pyaaarrrrr!* Kang Trimo membantingnya ke lantai. Vas bunga itu hancur berkeping-keping.

Mendengar benda jatuh begitu kerasnya, Suranti yang masih berada di kamar mandi bergegas keluar. Hanya berlilitkan handuk di badannya, dia menuju ke tempat jatuhnya benda tadi.

"Lho, Kang! Ada apa? Kok, pagi-pagi udah marah gitu?" tanya Suranti pada suaminya, setelah tahu apa yang terjadi.

Namun, tak ada jawaban dari Kang Trimo. Malah dengan sedikit kasar, suami Suranti itu langsung menarik tangan istrinya menuju ke kamar.

"Kang, apa-apaan ini. Jangan kasar begini!" protes Suranti mendapat perlakuan seperti itu dari suaminya. Kang Trimo tak peduli, dia terus saja menarik istrinya itu masuk ke kamar dan menguncinya dari dalam.

"Kang! Kenapa kamu jadi sekasar ini, padaku?" Kembali Suranti melakukan protes. Justru ucapan istrinya itu membuat Kang Trimo semakin beringas. Ditariknya handuk yang melilit di badan istrinya itu, lalu didorongnya tubuh Suranti ke atas tempat tidur.

"Auuu!" Jerit Suranti.

Lantas, begitu tubuh Suranti terbaring pasrah di atas kasur, Kang Trimo menindih tubuh istrinya itu dengan kasar. Sebelum Suranti kembali menjerit, mulutnya sudah dibekap oleh tangan kiri suaminya dengan kuat. Dia hanya dapat meronta-ronta di bawah himpitan tubuh Kang Trimo yang juga telah terlepas pakaiannya. Mungkin karena kalah tenaga, akhirnya Suranti pasrah. Kang Trimo pun lalu melakukan keinginannya itu di atas tubuh istrinya dengan leluasa, tanpa ada perlawanan lagi.

Suranti hanya terdiam tak bereaksi, hanya air matanya terlihat meleleh di kedua pipinya. Mungkin dia tak mengira, suaminya melakukan hal sekasar itu pada istrinya sendiri. Dia malah tak merasakan kenikmatan apa-apa, justru rasa nyeri dan sakit hati diperlakukan seperti binatang. Namun, tampaknya Kang Trimo tak peduli. Malah dia makin beringas dan kasar dengan meminta berbagai gaya yang aneh-aneh. Entah minum jamu apa suaminya, yang jelas Suranti sampai merasa kepayahan serta tulang-tulang seolah-olah mau copot semua.

Suranti mendadak pingsan. Kang Trimo bukannya tampak kaget, malah tersenyum puas. Mimik wajahnya seakan merasa puas, sepertinya kekecewaan yang dia pendam sejak tadi malam, terlampiaskan dengan memperlakukan istrinya dengan cara itu. Kang Trimo lalu beranjak dari tempat tidur. Ditutupi tubuh Suranti dengan selimut, lantas dia keluar dari kamar.

Baru saja Kang Trimo keluar dari kamarnya, di depan rumah sudah ada suara orang memanggil namanya.

"Kang Trimo! Kang Trimo!" teriak seorang laki-laki di depan pintu rumah suami Suranti itu. Kang Trimo bergegas ke depan.

"Hai, ada apa, Pur? Pagi-pagi teriak-teriak gitu?" tanya Kang Trimo heran.

"Itu, Kang. Pak Sukirno, bapaknya Ranti," ujar laki-laki yang dipanggil dengan sebutan Pur.

"Iya, kenapa dengan Kang Kirno?"

"Tadi jatuh di kamar mandi dan pingsan!" tegas Pur.

"Apa? Ayo kita ke sana!" Ajak Kang Trimo lantas bergegas menuju ke rumah orang tua istrinya.

Saat tiba di rumah orang tua Suranti, tampak Juarmi menangis meraung-raung di dekat Pak Sukirno terbaring dengan mata tertutup rapat. Rupanya sebelum Kang Trimo tiba, Pak Sukirno telah menghembuskan nafas terakhirnya. Kang Trimo hanya tercengang menatap keadaan mertuanya, dia tak bisa berkata apa-apa. Wajahnya terlihat bengong

"Kang Trimo, Suranti mana? Kok, aneh. Bapaknya meninggal, dia enggak tau?" Celetuk Yu Tamirah dengan raut muka tampak keheranan. Tanpa berkata apa pun, Kang Trimo balik badan, lantas berlari menuju ke rumahnya. Sampai di rumahnya, dia langsung masuk ke kamar di mana Suranti terbaring. Dilihatnya istrinya itu belum juga sadar.

"Gimana ini? Jangan sampai para tetangga tahu keadaan Suranti," gumam Kang Trimo terlihat gugup. Lalu Kang Trimo mencari minyak angin di laci meja. Terus dia naik ke tempat tidur. Digosok-gosokkan minyak angin itu di dekat hidung istrinya berulang-ulang. Lama-kelamaan Suranti sadar juga.

"Cepat kamu berpakaian, bapakmu meninggal dunia. Baru saja." Tanpa sadar Kang Trimo keceplosan bicara.

Mendengar perkataan suaminya itu, wajah Suranti bagai tersengat aliran listrik tegangan tinggi. Spontan dia langsung meloncat dari tempat tidur, mengambil baju sekenanya, lantas keluar kamar dan berlari menuju rumah orang tuanya.

"Bapaaakkk!" Teriak Suranti sambil berlari.

Kang Trimo hanya melihat kepergian istrinya itu dengan tatapan bengong. Namun, setelah dia sadar, lalu bergegas beranjak dari kamar itu, menyusul Suranti ke rumah orang tuanya lagi.

Setiba di rumah mertuanya, sudah banyak tetangga yang berdatangan. Kang Trimo langsung masuk ke rumah. Terlihat istrinya sedang ditolong oleh ibu-ibu yang hadir di situ. Suranti rupanya kembali pingsan, mungkin dia syok begitu melihat jenazah bapaknya. Kang Trimo juga tidak menyangka, secepat itu kehilangan mertua laki-lakinya dan istrinya kehilangan bapak kandungnya. Dia baru saja menikah dengan Suranti anak mendiang Pak Sukirno dua hari yang lalu. Padahal, hari itu juga rencananya untuk pertama kalinya, Kang Trimo akan membiayai cuci darah Pak Sukirno di rumah sakit. Namun, semua di luar dugaannya, hidup dan mati manusia sudah ada yang mengaturnya.

Langit pagi itu pun tampak tertutup mendung, seakan-akan ikut bersedih dengan kepergian bapaknya Suranti untuk selama-lamanya.

BAB 5. TAMPAK SIFAT ASLINYA

Satu minggu setelah meninggalnya Pak Sukirno, bapak kandung Suranti, Kang Trimo belum lagi dapat tidur sekamar dengan istriya itu. Suranti masih ingin berada di rumah orang tuanya, dengan alasan masih suasana berduka. Dia ingin menemani ibunya, walaupun, warung kopi milik mendiang bapaknya itu belum buka. Padahal, jarak antara rumah orang tua Suranti dan Kang Trimo hanya sekitar seratus meter. Kang Trimo sendiri ingin tidur di rumah mertuanya, juga merasa sungkan.

"Pur, ayo kamu temani aku!" ajak Kang Trimo pada Purwadi tetangganya itu, saat keduanya bertemu di warung kopinya Pak Dullah, sore itu.

"Ke mana, Kang?" tanya Purwadi yang usianya lebih muda empat tahun dari Kang Trimo.

"Udah, enggak usah banyak tanya. Pokoknya, entar pasti kamu senang."

"Tapi, Kang—" Purwadi tidak meneruskan ucapannya, karena langsung dipotong Kang Trimo.

"Kamu enggak usah khawatir. Semua aku yang nanggung," ujar Kang Trimo sembari tersenyum.

"Iya, Kang. Aku pulang dulu. Izin istriku," kata Purwadi.

"Udah cepat sana! Jangan kelamaan. Sekalian ambil motorku di rumah. Ini kunci rumahku kamu bawa." Kang Trimo menyerahkan kunci itu pada Purwadi. Lantas Purwadi bergegas melangkah pulang ke rumahnya.

Tak berapa lama kemudian Purwadi dan Kang Trimo telah berboncengan sepeda motor, melaju di jalan raya arah ke Purwodadi. Setelah sampai Bundaran Simpang Lima, motor yang dikendarai Purwadi itu berhenti di depan GOR.

"Kita terus ke mana ini, Kang?" tanya Purwadi.

"Putar masuk GOR, terus ambil jalan ke arah Solo!" Perintah Kang Trimo. Purwadi menuruti perintah suami Suranti itu.

Seperempat jam kemudian, mereka berdua tiba di perlintasan kereta api Depok. Tampak Kang Trimo mengarahkan Purwadi menelusuri jalan sempit di sepanjang pinggir rel kereta ke arah timur. Begitu sampai barat Stasiun Gambringan, motor yang dikendarai Purwadi yang memboncengkan Kang Trimo itu belok ke selatan melintasi rel. Sepuluh menit kemudian, sampailah mereka berdua di sebuah kompleks lokalisasi yang tidak asing lagi bagi kaum laki-laki. Gunungrejo namanya. Bagi Purwadi tempat itu masih asing. Beda dengan Kang Trimo, mungkin dia sudah punya langganan di situ.

"Ini tempat apa, Kang? Kok, ada deretan warung dan banyak perempuan di depannya?" tanya Purwadi heran. Kang Trimo hanya tersenyum.

"Maju dikit, di warung cat hijau itu kita berhenti," ujar Kang Trimo. Purwadi menurut saja apa kata suami Suranti itu.

"Ayo kita turun." Ajak Kang Trimo pada Purwadi, setelah motor berhenti tepat di depan warung.

"Halo, Bos! Duh lama enggak ke sini. Aku sudah kangen nih!" Sapa seorang perempuan cantik berpakaian seksi pada Kang Trimo. Purwadi justru tersentak kaget.

"Kang ...," bisik Purwadi yang berdiri di samping Kang Trimo.

"Udah, ayo kita masuk." Ajak Kang Trimo. "Hai, Santi. Tumben jam segini sudah *take off*." lanjutnya.

"Lagi sepi nih, Bos. Biasa tanggal tua, hahahaha ...." Perempuan itu tertawa.

Purwadi tampak risih dengan suasana seperti itu dan kerisihan itu dilihat oleh Kang Trimo. Lalu ditariknya tangan Purwadi agak menjauh dari warung itu.

"Hai, Pur. Gimana? Kamu ikut, ndak? Jangan malu-maluin aku di sini." Bisik suami Suranti itu di telinga Purwadi.

"Aku enggak. Kang Trimo aja enggak apa-apa," ujar Purwadi.

"Betul? enggak nyesel kamu nanti?" Purwadi menggeleng.

"Oke. Tapi ingat, kamu harus bisa tutup mulut." Pinta Kang Trimo. Kembali Purwadi menganggguk. Lantas Kang Trimo merogoh sakunya dan menyerahkan selembar uang seratus ribuan ke Purwadi.

"Buat kamu kalau ingin ngopi atau makan," kata Kang Trimo, lalu bergegas meninggalkan Purwadi, berjalan kembali menuju ke warung tadi. Purwadi hanya menatap, saat Kang Trimo memeluk perempuan yang tadi menyapanya dan masuk ke dalam warung. Mungkin Purwadi tak menyangka, kalau Kang Trimo senang main perempuan. Padahal, dia sudah punya istri yang tak kalah cantiknya dengan perempuan yang dirangkul tadi. Apalagi, saat itu masih dalam suasana duka dengan meninggalnya mertua Kang Trimo yang belum genap satu minggu.

"Apa sebelum dengan Suranti, saat Kang Trimo masih menduda, sudah sering datang ke sini, ya?" gumam Purwadi.

"Gak ngamar, Mas?" tanya seorang perempuan yang tiba-tiba ada di dekatnya.

"Eee ... enggak, Mbak. Terima kasih," jawab Purwadi, lantas menjauhi perempuan itu.

"Uuuu ... banci kali, ya," gerutu perempuan berambut keriting dan berpakaian minim itu. Namun, Purwadi tak menggubrisnya. Dia terus menjauh mencari tempat yang nyaman, untuk menunggu Kang Trimo. Di sebuah pos penjagaan, Purwadi berhenti di situ.

Malam semakin larut, hawa dingin mulai menyergap, berbarengan rasa kantuk menyerang Purwadi. Dirapatkan jaket yang dikenakannya untuk mengurangi hawa ingin yang menyergapnya. Lantas dia rebahkan tubuhnya di pos penjagaan yang kebetulan kosong malam itu. Lama-kelamaan, Purwadi tampak terlelap.

***

"Pur ... Pur ..., bangun! Ayo kita pulang!" kata Kang Trimo sembari menggoyang-goyangkan tubuh Purwadi.

Purwadi pun terlihat kaget dan bangun, saat ada yang menggoyang-goyang tubuhnya. Dikucek-kucek kedua matanya. Suasana masih tampak gelap.

"Jam berapa ini, Kang?" tanya Purwadi.

"Udah hampir subuh. Ayo kita segera pulang!" ajak Kang Trimo.

"Haaahhh?" kembali Purwadi tampak kaget.

BAB 6. TAK BISA BERTAHAN (1)

Sebulan menjadi istri Kang Trimo, tak ada perasaan bahagia di hati Suranti. Apalagi, sang suami usianya jauh lebih tua dari dia, bukan malah dapat mengayomi, sebaliknya malah sering menyiksa Suranti. Sering kali Kang Trimo ringan tangan terhadap wanita cantik yang telah rela menikah dengan laki-laki sepantaran mendiang bapaknya. Namun, mau bagaimana lagi. Nasi telah menjadi bubur. Suranti harus bisa menerima kenyataan itu.

Seperti sore itu, saat Kang Trimo baru saja masuk rumah, tanpa ada sebab apa pun langsung marah-marah pada Suranti.

"Ranti! Ranti! Di mana kamu?" Teriaknya memanggil-manggil istrinya.

Mendengar namanya dipanggil, Suranti yang sedang memasak di dapur, bergegas menemui suaminya.

"Ada apa, Kang?" tanya Suranti setelah mendekat.

"Ibumu itu gimana? Masa dia punya utang hampir sepuluh juta, aku yang disuruh membayar." Wajah Kang Trimo tampak kesal.

"Ya, kan dulu Kang Trimo sendiri yang janji mau melunasi, gimana sih, Kang?" tanya istrinya.

"Ah, kamu sama saja. Sudah bohongi aku. Untung aku masih bersabar. Kalau enggak, udah kucerai dari dulu," bentak suaminya.

"Kenapa Kang Trimo selalu aja marah-marah padaku? Salah aku apa?" Suranti sepertinya kurang terima dibentak.

"Oo, jadi kamu belum tahu salahmu? Sini, ikut aku," kata suaminya, lantas dengan kasar menarik tangan istrinya.

"Kang, kamu mau apa?" Protes Suranti.

"Dah, diam." Kang Trimo lalu menarik istrinya itu ke dalam kamar. Setelah itu dengan kasar, tangannya melucuti semua pakaian yang dikenakan istrinya.

"Kang! Ini apa-apaan! Aku bukan binatang!" Kembali Suranti protes. Namun, tampaknya suami Suranti itu tak menggubrisnya.

Begitu istrinya sudah dalam keadaan telanjang, langsung direbahkan di atas tempat tidur. Kang Trimo sendiri bergegas melepas semua pakaiannya. Lantas dengan cepat dia menindih tubuh istrinya itu. Suranti terlihat pasrah diperlakukan seperti itu. Dia tak mampu melawan kekuatan tenaga suaminya.

Hanya beberapa menit, Kang Trimo menyudahi permainan itu dan turun dari atas tubuh istrinya.

"Seperti itu, yang kurasakan saat pertama kali aku menyetubuhimu. Kamu sudah tau, apa salahmu," kata suaminya lantas bergegas keluar kamar.

Suranti terlihat menangis, sembari memunguti pakaiannya yang beserakkan di lantai. Mungkin dia baru sadar, kalau suaminya kecewa dengan keadaan dirinya sejak malam pertama. Karena Suranti memang sudah tidak perawan, hingga selama sebulan lamanya menikah dengan dia, bawaan Kang Trimo selalu marah-marah dan sering main tangan.

Istri Kang Trimo tampak termenung di bibir kasur. Matanya nanar menatap ke seluruh ruangan kamar, seolah-olah bayangan masa lalu tergambar jelas. Saat pertama kalinya Suranti melakukan hal yang sama seperti yang tadi dilakukan suaminya. Namun, itu dia lakukan atas dasar suka sama suka dengan mantan pacarnya, Didik Purnomo. Suranti rela melakukan hal itu karena memang Didik orangnya pandai merayu, sampai dia rela menyerahkan kehormatannya. Bahkan Didik dan Suranti melakukannya berulang-ulang, di saat ada waktu serta kesempatan. Untung kala itu Suranti tidak hamil. Lalu, setelah puas memperdaya Suranti, Didik menghilang entah ke mana. Dia tak lagi sering datang di warung kopi orang tuanya.

Suranti pun tersadar dari lamunannya karena hidungnya membaui bau gosong. Bergegas Suranti beranjak ke dapur, didapatinya telur yang tadi dia goreng sudah berwarna hitam di dalam penggorengan. Cepat-cepat Suranti mematikan kompornya dan mengangkat alat penggorengan itu dari atas kompor.

***

Gelap mulai menaungi bumi, aktivitas manusia mulai terkurangi. Setelah mungkin seharian hilir mudik mencari penghasilan untuk menyambung hidup. Sebaliknya, di sepanjang pinggir jalan Desa Rejosari, geliat beberapa warung kopi mulai ramai. Salah satunya di warung kopi Mbah Dullah, di situ terlihat beberapa orang sedang menikmat kopi hangat khas Rejosari. Tak ketinggalan, Kang Trimo dan Purwadi juga ada di situ. Keduanya terlihat mengobrol dengan serius.

"Memang ada apa, Kang? Kok, sampai begitu marahnya dengan Suranti?" tanya Purwadi sembari tangannya mengambil sepotong pisang goreng.

"Aku ingin menceraikan dia, Pur," ujar Kang Trimo dengan nada terdengar serius.

"Apa? Kan baru berjalan sebulan pernikahan Kang Trimo dengan Suranti." Purwadi menampakkan keterkejutannya.

"Memang. Tapi dia sudah membohongi aku."

"Maksudnya?"

"Ah, sudahlah. Tak perlu dibahas lagi, yang jelas aku sudah tak tahan lagi hidup dengan dia. Makanya, besok tolong antar aku mengurus semua itu ke Purwodadi," kata Kang Trimo sembari menepuk bahu kiri Purwadi. Tetangga Kang Trimo itu hanya menganggu̇k pelan. Mungkin di benak Purwadi terlintas pertanyaan, mengapa Kang Trimo sampai ingin menceraikan Suranti. Padahal istri Kang Trimo itu masih muda, cantik, dan berbadan padat berisi. Kurang apa lagi bagi orang terkaya di kampungnya itu.

Malam semakin larut, kedip bintang-bintang kian meredup. Di warung kopi Mbah Dullah tinggal terlihat beberapa gelas yang terisi sisa-sisa kopi para pelanggannya, berserakan di meja bahkan di lantai. Puluhan puntung rokok memenuhi di sudut-sudut ruangan, bahkan masih ada yang menyala.

BAB 7. TAK BISA BERTAHAN (2)

Suranti tampaknya sudah tak bisa lagi menerima perlakuan suaminya. Di samping nafkah bulanan dikurangi, dia harus melayani nafsu Kang Trimo hampir tiap hari. Itu pun tidak hanya sekali atau dua kali. Dalam satu hari kadang bisa empat sampai lima kali. Bahkan, tak jarang kalau tak sesuai yang dikehendaki sang suami, tangan Kang Trimo sering melayang dengan keras di pipi atau di tubuhnya.

Sebenarnya Suranti ingin mempertahankan pernikahannya dengan Kang Trimo, demi kelangsungan hidup ibunya, yang telah terjerat hutang begitu banyak, sampai warung kopinya dijual untuk menutup utang. Namun, lama-kelamaan kelakuan Kang Trimo semakin menjadi-jadi. Mungkin karena dia merasa bisa menguasai dan menyetir kehidupan Suranti, juga ibunya. Padahal, sepersen pun, Juarmi belum pernah diberi uang oleh menantunya yang kaya raya itu.

"Udahlah, Bu. Izinkan aku cerai dengan Kang Trimo. Aku sudah enggak tahan hidup dengan dia," keluh Suranti pada ibunya siang itu.

"Udah kamu pikirkan, betul? Ibu sih, terserah kamu aja. Lagi pula ibu juga enggak simpati sama suamimu itu. Masa ibu sebagai mertuanya dihina di depan orang-orang sekampung," kata Juarmi.

"Apa, Bu? Ibu pernah dihina sama Kang Trimo?" tanya Suranti tampak kaget.

"Ah, sudahlah, enggak perlu diomongin lagi. Ibu pusing." Juarmi lantas masuk kamar.

Suranti lantas meletakkan pantatnya di kursi yang ada di ruang tamu. Belum juga semenit dia duduk, tiba-tiba suaminya datang dan langsung marah-marah.

"Hai, Ranti. Kamu harus pulang. Suami capek kerja, pulang ingin makan siang enggak ada apa-apa. Kamu malah enak-enakan di sini," kata Kang Trimo dengan nada sangat kesal.

"Kenapa, Kang? Biasanya kalau siang juga jarang makan di rumah. Makanya aku enggak masak buat kamu," ujar Suranti.

"O ... jadi sekarang kamu mulai enggak mau melayani suamimu ini. Oke-oke! Terserah!" Teriak Kang Trimo, lalu pergi begitu saja.

Suranti hanya menatap kepergian suaminya dengan mencibirkan bibirnya. Dia tampaknya sudah mulai berani membantah perintah suaminya. Mungkin dengan bersikap begitu, Suranti sudah siap, bila sewaktu-waktu diceraikan Kang Trimo.

***

Matahari baru saja menyembunyikan wajahnya, saat Suranti tiba di rumah, setelah seharian berada di rumah orang tuanya. Namun, belum juga dia sampai ke kamarnya, tiba-tiba ada tangan kokoh menyekap wajahnya dan membelenggu tangannya dari belakang. Suranti tampak meronta-ronta dan berusaha melepaskan diri dari cengkeraman belitan tangan kokoh itu.

"Uuuh, uuuuh ...," keluh Suranti, tetapi kedua tangannya bagai terikat rantai yang sangat kuat. Mulutnya pun tak bisa bersuara. Tubuh Suranti lalu diseret masuk ke kamarnya dengan kasar. Tanpa bisa melawan, tubuhnya lalu dihempaskan ke atas kasur. Suranti pasrah diperlakukan lagi oleh suami seperti itu, apalagi sudah beberapa hari dia memang tak mau melayani Kang Trimo. Namun, kali ini perlakuan suaminya pada dirinya sungguh keterlaluan. Suranti dipaksa berlaku seperti layaknya binatang, tanpa bisa menolak. Walaupun, dengan air mata bercucuran, dia tetap menuruti apa yang diperintahkan suaminya. Sebab jika Suranti menolak, satu tamparan keras mendarat di pipinya.

Hingga subuh menjelang, mungkin karena kelelahan, Kang Trimo tertidur pulas. Suranti lalu bangun dan beranjak dari tempat tidur. Lantas bergegas dia menuju kamar sebelah, dia buka lemari yang kebetulan tidak terkunci. Suranti membukanya dan dengan terburu-buru, diambilnya beberapa tumpukkan uang lembaran simpanan suaminya, juga sejumlah perhiasan emas yang ada dan dimasukkan ke dalam tas. Setelah tak ada sisa, Suranti lalu keluar kamar. Di depan kamar sebelah, dilihatnya suaminya masih tidur lelap.

"Maaf, Kang. Semua ini terpaksa aku lakukan, karena aku sudah tak tahan lagi hidup bersamamu. Selamat tinggal," kata Suranti bergegas keluar rumah. Dia melangkah terburu-buru ke rumah ibunya.

Setibanya di rumah ibunya, Suranti bergegas membangunkan Juarmi. Ibu Suranti itu tersentak mendengar cerita anak perempuannya itu. Suranti mengajak ibunya itu meninggalkan kampung mereka, saat itu juga. Mulanya Juarmi agak ragu-ragu dengan ajakan anaknya, tetapi setelah Suranti memberikan alasan yang bisa diterimanya, Juarmi dan Suranti bergegas meninggalkan rumah dengan membawa pakaian seadanya. Begitu sampai di pinggir jalan raya, ibu dan anak itu menyetop bus yang menuju ke arah Blora sebelum fajar menyingsing.

***

Matahari terlihat tersenyum menyapa pagi. Burung-burung berkicau menemani. Kang Trimo terbangun dari tidur lelapnya. Dia begitu terkejut, saat bangun tak melihat Suranti ada di sampingnya. Lantas dia beranjak dari kamar menuju dapur, Suranti juga tidak ada. Namun, saat Kang Trimo masuk ke kamar pribadinya, wajahnya bagai tersengat aliran listrik tegangan tinggi. Lemari tempat dia menyimpang uang tunai dan perhiasan emas telah terbuka pintunya. Isinya ludes tanpa sisa.

"Surantiii!" teriaknya dengan keras. Lalu Kang Trimo bergegas keluar rumah, berlari menuju rumah Juarmi, mertuanya. Namun, begitu sampai di depan rumah orang tua Suranti, mata Kang Trimo seolah hampir copot melihat rumah itu dalam keadaan tertutup rapat dan pintunya terkunci.

"Surantiii!" Kembali Kang Trimo berteriak dengan kerasnya. Mungkin karena saking kerasnya teriakan Kang Trimo, beberapa orang yang rumahnya berdekatan dengan rumah Juarmi pada keluar. Mereka melihat Kang Trimo terduduk lemas di tanah. Para tetangganya yang melihat itu hanya saling pandang tanpa ada yang menanyakan, apa yang sesungguhnya terjadi pada suami Suranti itu.

BAB 8. MINGGAT

Sekitar jam delapan pagi, Suranti dan Juarmi ibunya sampai di terminal Blora. Mereka berdua turun dari bus, lantas berganti naik angkot menuju ke tengah kota. Begitu sampai di pasar Kota Blora, ibu dan anak itu turun.

"Kita mau ke mana, Ranti?" tanya Juarmi pada anaknya.

"Udah, Ibu ngikut aja. Yang penting kita sudah jauh dari Kang Trimo," jawab Suranti sembari berjalan beriringan dengan ibunya.

"Ranti, ibu lapar," keluh Juarmi.

"Itu, ada warung makan. Ayo, kita ke situ, Bu!" ajak Suranti sambil mengggandeng tangan ibunya, menyeberangi jalan.

Setibanya di warung makan, Suranti langsung pesan dua porsi nasi rames dan dua gelas teh hangat.

"Ibu, makan aja duluan. Ranti mau ke toko emas itu dulu, ya." Ranti beranjak dari tempat duduknya. Juarmi hanya mengangguk tanpa menanyakan maksud anaknya pergi ke toko emas.

Suranti menyeberangi jalan, lantas menuju ke toko yang menjual perhiasan.

"Maaf, Koh. Saya mau menjual perhiasan saya, bisa?" tanya Suranti pada pemilik toko keturunan Thiongwa.

"Boleh, Bu. Bisa lihat barangnya?" Pemilik toko itu balik bertanya. Lalu, tampak Suranti mengeluarkan berbagai perhiasan dari tasnya. Ada, gelang, cincin, dan kalung yang jumlahnya lumayan banyak. Pemilik toko perhiasan itu terbelalak melihat perhiasan yang ditawarkan Suranti.

"Ini barang, milik ibu semua?" Pemilik toko perhiasan itu seolah tak percaya.

"Betul, Koh."

"Ada surat-suratnya?" Suranti menggeleng.

"Tapi ini bukan barang curian, Koh. Ini barang pemberian suami, maksud saya mantan suami. Setelah kami cerai," jelas Suranti.

"O, iya, Bu. Bisa, saya bisa beli. Cuma karena tanpa surat, harga dipotong sepuluh prosen.dari harga resmi," kata pemilik toko perhiasan itu.

"Saya nurut aja," ujar Suranti. Kemudian terlihat pemilik toko perhiasan itu, memberi perintah pada salah satu anak buahnya, untuk menimbang barang milik Suranti.

"Bu, setelah saya total. Semua bisa sampai lima belas juta. Tapi berhubung perhiasan ibu tanpa ada surat, saya hanya berani memberi empat belas juta, gimana?" Pemilik toko perhiasan itu memberikan keterangan lalu, mengajukan harga penawaran.

"Gak apa-apa, Koh. Saya terima harga itu," ujar Suranti.

"Baik. Ibu mau uang tunai atau cek?"

"Tunai."

"Tunggu sebentar ya, Bu."

Setelah menerima uang hasil penjualan perhiasan, Suranti bergegas kembali ke warung di mana ibunya berada.

"Ngapain kamu ke toko emas, Ranti? Beli perhiasan?" tanya ibunya.

"Bukan, Bu. Aku jual cincin pemberian Kang Trimo. Buat tambah, nanti kalau kita mau mendirikan usaha," jawab Suranti.

"O ... ya udah. Tuh, kamu makan nasinya," ujar Juarmi. Suranti pun lantas menyantap nasi rames yang ada di hadapannya.

Selesai makan, Suranti bergegas mengajak ibunya menuju ke pangkalan angkot jurusan terminal bus. Setibanya di terminal Suranti dan ibunya naik bus jurusan Rembang.

Selama perjalanan dari Blora ke Rembang tak ada pembicaraan antara Suranti dan ibunya. Bahkan keduanya malah tampak tertidur. Satu setengah jam perjalanan, sampailah bus yang ditumpangi Suranti dan ibunya di terminal Rembang. Suranti dan Juarmi turun. Lantas berpindah bus jurusan Surabaya.

Hampir tiga jam perjalanan, bus telah melewati tugu batas Provinsi Jawa Tengah dan Jawa Timur. Di sebuah desa yang letaknya tepat pinggir jalur Pantura, Suranti mengajak turun ibunya. Saat itu matahari sedang terik, Suranti lantas berjalan menuju salah satu warung yang berada di situ. Juarmi mengikutinya dari belakang.

"Bu, es teh satu, jeruk hangat satu," kata Suranti pada pemilik warung.

"Iya, tunggu sebentar ya? Duduk dulu," ujar pemilik warung.

"Ranti, kita ke sini mau ngapain?" tanya Juarmi.

"Kita rencana akan tinggal di daerah sekitar sini, Bu," jawab Suranti.

"Hah ... Ibu enggak salah dengar?" Suranti hanya tersenyum.

"Ini, es teh dan jeruk hangatnya. Mbak bukan orang sini, ya?" tanya pemilik warung.

"Iya, Bu. Daerah sini ikut kabupaten mana ya, Bu?" tanya Suranti.

"Tuban, Mbak. Ikut Jawa Timur," jawab pemilik warung.

"Duh, Bu. Kita sudah sampai daerah Tuban. Jadi sudah sangat jauh dari Kang Trimo. Tak mungkin dia akan menemukan kita," ujar Suranti pada ibunya.

"Jadi kita beneran akan tinggal di sini, Ranti!?" tanya Juarmi.

"Paling tidak untuk sementara waktu, Bu," jawab Suranti.

"Bu, maaf. Adakah di sekitar sini rumah yang dikontrakkan?" tanya Suranti pada wanita pemilik warung.

"Mbak mau kontrak rumah? Kebetulan ada, Mbak. Nanti dari sini, Mbak lurus saja, terus di sana ada gapura kecil, masuk. Rumah urutan ke tiga dari gapura. Tanya aja rumah Pak Tomo." Pemilik warung itu memberi petunjuk pada Suranti.

Sesuai petunjuk yang diberikan pemilik warung tadi, Suranti tiba di depan rumah milik Pak Tomo yang berdinding papan kayu.

Kebetulan saat itu, Suranti bertemu langsung dengan pemilik rumah yang memang dikontrakkan. Setelah terjadi kesepakatan nilai kontrak, akhirnya Suranti langsung membayar uang sewa untuk enam bulan ke depan.

Sinar matahari tampak mulai berangsur menyusut, pertanda petang sebentar lagi menjelang. Suranti dan ibunya terlihat duduk di teras rumah.

"Kita sementara tinggal di sini, enggak apa-apa kan, Bu? Sambil nanti rencana mau merintis usaha apa, gitu. Kan yang terpenting aku sudah jauh dari Kang Trimo," kata Suranti.

"Iya, ibu mengikuti kamu aja, Ranti. Pokoknya kita tak usah kembali lagi ke kampung kita, Rejosari," ujar Juarmi ibu Suranti.

"Itu yang Ranti mau, Bu. Ya, udah. Ibu masuk dulu. Ranti keluar sebentar cari makanan. Kita kan belum bisa mulai masak di rumah ini," jelas Suranti beranjak dari tempat duduknya. Juarmi ibu Suranti hanya menganggguk.

Sinar matahari telah benar-benar menghilang, suasana mulai gelap, bagai kehidupan Suranti yang telah pergi begitu saja dari suaminya, kehidupannya terasa masih gelap, di tempat barunya mungkin dia akan meraih suatu harapan yang diselimuti cahaya terang.

BAB 9. AWAL TERJERUMUS

Suranti tersentak, saat melihat dengan mata kepala sendiri, begitu mengetahui kampung baru yang dihuninya, rata-rata para kaum perempuannya berprofesi sebagai wanita penghibur. Mereka buka warung makan atau warung apa saja hanya sebagai pekerjaan sampingan agar tidak terlalu menyolok di mata umum. Namun, Suranti sudah mendengar dari cerita tetangganya, kalau kampung yang dia diami memang sudah terkenal sebagai kampung surga. Khususnya untuk kaum laki-laki.

"Enggak usah kaget, Mbak. Hal seperti itu di sini sudah berjalan bertahun-tahun. Nyatanya aman-aman saja dan belum pernah terjadi kerusuhan," kata Yayuk, tetangga Suranti saat sore itu bertandang ke rumahnya.

"Mbak Suranti ini wajahnya cantik, badannya bagus. Aku yakin, banyak laki-laki yang suka," Bujuk Yayuk yang memang sudah lama berprofesi sebagai wanita penghibur.

"Tapi, Mbak. Aku malu, belum pernah melakukan seperti itu, kecuali dengan suamiku sendiri," ujar Suranti.

"Iya, aku tahu. Nyatanya Mbak Ranti lari juga kan dari suamimu yang kasar itu. Dulu aku juga begitu, lari dari suamiku karena dia juga sering berbuat kasar padaku. Makanya aku lampiaskan dendamku pada semua laki-laki dengan cara menjadi seperti saat ini," papar Yayuk.

Suranti terdiam. Dia berpikir, Yayuk tetangganya pernah mengalami hal yang sama dengan dirinya. Suaminya juga sering berbuat kasar, lalu Yayuk juga lari dari suaminya bahkan sudah dua tahun berada di kampung itu. Suranti masih beruntung, pergi jauh dari Kang Trimo masih sempat membawa sebagian harta milik suaminya. Beda dengan Yayuk, saat meninggalkan sang suami, dia tidak membawa apa-apa.

"Udah ... Mbak Ranti enggak perlu bingung. Tak perlu sekarang. Dipikir-pikir dulu, entar kalau mentalnya sudah siap.

Aku bisa bantu. Aku pamit dulu ya, Mbak." Yayuk lalu beranjak dan meninggalkan Suranti sendirian.

"Siapa itu tadi, Ranti?" tanya ibunya.

"Itu, tetangga kita yang rumahnya dekat pos kamling," jawab Ranti.

"Ada urusan apa datang kemari?"

"Itu, *nawari* pekerjaan."

"Pekerjaan, apa?"

"Ibu pingin tahu aja. Udah hampir petang, ayo kita makan dulu." Ajak Suranti pada ibunya. Selama bertempat tinggal di daerah itu, memang Juarmi ibu Suranti tak pernah keluar rumah. Jadi dia belum paham betul situasi di sekitar rumahnya. Kalau ada perlu sesuatu, Surantilah yang keluar. Juarmi hanya tahu, penduduk di kampung itu sebagian besar mempunyai usaha warung di pinggir jalur pantura.

***

Mungkin karena sering bergaul dengan tetangganya, yang rata-rata berprofesi sebagai wanita penghibur, ditambah rayuan manis mulut Yayuk yang memang pandai bersilat lidah, akhirnya Suranti terjun juga di dunia prostitusi. Sebelumnya dia harus memindahkan ibunya ke tempat lain.

"Kita kenapa harus pindah, Ranti?" tanya Juarmi.

"Sudahlah, Bu. Kita cari tempat yang lebih baik. Uang Kang Trimo yang aku bawa masih banyak, kok. Kita cari kontrakan yang dekat kota saja. Biar nanti Ibu bisa belanja-belanja, enggak di dalam rumah saja," jelas Suranti.

Akhirnya Juarmi menuruti saran anak perempuannya itu. Pindah di rumah kontrakan di sekitar Kota Rembang, berjarak sekitar dua puluh kilometer dari rumah kontrakan yang lama. Bahkan, Suranti mencarikan seorang pembantu rumah tangga, untuk menemani ibunya di saat Suranti mulai bekerja.

***

Malam itu, langit dipenuhi bintang-bintang. Angin pun semilir membelai bumi. Di malam yang cerah itu, untuk pertama kalinya Suranti menjalani profesinya sebagai wanita penghibur di Kampung Sutra. Tamu pertama yang mem-*booking* Suranti, seorang laki-laki berusia sekitar lima puluh tahun. Wajahnya biasa-biasa saja, tetapi orangnya sangat lembut dan penyabar. Laki-laki itu pun memberi uang yang lumayan banyak pada Suranti. Awalnya, memang agak kikuk Suranti berhubungan dengan laki-laki yang bukan suaminya. Namun, kalau mengingat perilaku suaminya, Suranti seolah-olah ingin melampiaskan dendam pada setiap laki-laki yang menggaulinya. Caranya melayani mereka sampai puas, setelah itu dirayu supaya uangnya dikeluarkan semua diberikan padanya.

Siasat Suranti memang jitu, saran Yayuk juga bagus. Untuk membalaskan dendam pada semua laki-laki, dengam cara merayunya, memberikan pelayanan dengan baik, setelah itu, yakin. Laki-laki akan memberikan apa saja yang diminta.

Suranti tersenyum sendiri, sembari berkata sendirian di dalam kamar.

"Kang Trimo, ini pembalasanku pada kaummu. Semoga hartamu juga cepat habis gara-gara menyiksa kaumku," ujarnya tampak emosi.

Tok ... Tok ...Tok ...! Pintu kamarnya diketok dari luar.

"Mbak Ranti, ini ada tamu untukmu," Suara Yayuk dari luar kamar.

"Iya, tunggu sebentar," jawab Suranti, lalu beranjak dari tempat tidurnya.

BAB 10. JADI REBUTAN

Mungkin karena orang baru di Kampung Sutra malam itu Suranti sudah kedatangan tamu tiga orang yang menanti. Bahkan kalau dia tidak membatasi, masih ada dua orang lagi yang ingin mem-*booking* dirinya. Biasa sifat laki-laki pada umumnya, bila ada barang baru pasti ingin mencobanya. Bagi laki-laki yang doyan 'jajan' dan berkantong tebal, akan merasa bangga bila mendapatkan suatu kepuasan yang mereka inginkan. Tak peduli harus mengeluarkan uang berapa pun.

Sebaliknya yang dialami Suranti berbeda, dari menerima tamu tiga orang semalam, dia hampir meraup uang sekitar satu juta rupiah, dari tarif normalnya sekitar seratus lima puluh sekali pakai. Namun, karena pelayanannya memuaskan, para lelaki itu memberikan uang tips yang lumayan juga. Bahkan ada yang membayarnya dua kali lipat dari tarif semestinya.

Apa yang diterima Suranti dalam semalam, sungguh mengejutkan Yayuk tetangganya. Mungkin dia tak menyangka, orang baru semacam Suranti bisa meraup penghasilan sebesar itu dalam semalam. Walaupun, Yayuk mengakui, Suranti memiliki wajah cantik dan bodi seksi. Namun, tak seperti yang lain. Perlu waktu beberapa hari bisa mendapatkan penghasilan sebesar yang didapat Suranti.

"Mbak Ranti, kamu pasang susuk, ya?" tanya Yayuk, pagi itu saat bertandang kamar Suranti.

"Apaan sih, Mbak Yayuk ini. Aku enggak pasang apa-apa. Lagi pula aku juga enggak paham dengan hal-hal macam itu," jawab Suranti yang baru saja selesai mandi.

"Masa? Enggak percaya aku. Buktinya, kok, Mbak Ranti begitu cepatnya dapat uang banyak dalam semalam. Padahal, Mbak Ranti orang baru di sini," nada Yayuk seakan tak senang.

"Aduh, Mbak Yayuk. Aku sendiri juga enggak tau. Mungkin mereka suka saja padaku, hehehehe...." Ranti tertawa tipis.

"Bukan begitu, Mbak. Kasihan tuh anak-anak yang semalaman enggak dapat tamu," keluh Yayuk.

"Udah, gini aja Mbak Yayuk. Kumpulkan teman-teman yang semalam enggak dapat tamu," kata Suranti.

"Buat apa, Mbak?" tanya Yayuk.

"Aku akan bagi-bagi rezeki buat mereka."

"Beneran, Mbak?" Yayuk seolah tak percaya. Suranti menganggguk.

"Asiiik!" teriak Yayuk sembari beranjak keluar dari kamar Suranti.

***

Sejak Suranti sering bagi-bagi rezeki pada teman-teman seprofesinya, dia menjadi terkenal rasa kedermawanannya. Tidak hanya itu, walaupun, Suranti tamunya datang silih berganti tiap malam, dia tidak egois. Bahkan dia sering menolak dengan halus dengan alasan tertentu, serta mengarahkan untuk mengajak temannya yang memang sepi tidak kedatangan tamu. Cara Suranti cukup jitu, dia menyuruh laki-laki yang ingin mem-*booking*-nya, dengan memberi tambahan sedikit uang pada laki-laki itu, agar dia mau mengajak teman Suranti yang dia lihat belum dapat tamu sama sekali. Secara tidak langsung, Suranti juga memberi tambahan uang buat teman-temannya.

"Wah, ternyata Mbak Suranti ini orangnya baik banget ya? Kita jadi enggak enak nih kalau begini terus," ujar Meti, salah satu penghuni kampung surga yang sudah cukup lama.

"Iya, kita juga sungkan kalau caranya begini terus. Kasihan Mbak Suranti, dia sering kerja sendirian, tapi kita dapat cipratan hasil kerjanya," imbuh wanita yang duduk dekat Meti.

"Eee, pada ngomongin apaan nih? Kok, kayaknya asik betul? Ikut nimbrung dong?" Yayuk yang baru datang, agak penasaran dengan hal yang sedang dibahas oleh teman-teman seprofesinya, siang itu di teras sebuah warung yang tampak lengang. Mungkin matahari sedang berada di atas kepala, hingga membuat orang yang hobi ke kampung surga menunda untuk datang. Berbeda kalau sore atau malam hari, hampir semua warung di situ ramai. Khususnya kaum laki-laki yang ingin menyalurkan hasratnya, dengan wanita yang bukan istrinya.

Di Kampung Sutra itu, ada sekitar lima belas warung berjajar di sepanjang jalur pantura antara Rembang dan Tuban. Di setiap warung, ada dua atau tiga wanita yang setiap saat bisa melayani kebutuhan pribadi kaum laki-laki. tarif yang cukup terjangkau, serta tempat yang cukup memadai, membuat Kampung Sutra menjadi tempat persinggahan pria hidung belang, yang kebetulan lewat jalur itu. Apalagi dengan adanya penghuni baru bernama Suranti, yang telah menjadi primadona di Kampung Sutra. Dia sering menjadi rebutan kaum laki-laki yang singgah bersamaan di Kampung Sutra. Untuk menghindari terjadi perselisihan, Suranti mempunyai cara jitu untuk mengatasi hal itu. Nyatanya para pelanggannya juga bisa menerima dan teman seprofesinya tidak ada yang merasa iri maupun dengki. Justru, siang itu Yayuk mengumpulkan seluruh teman-temannya di sebuah warung kosong, tanpa sepengetahuan Suranti. Entah apa yang mereka bicarakan, yang jelas nama Suranti sering disebut-sebut.

BAB 11. MAMI PANGGILANNYA

Sejak pagi hari, Kampung Sutra terlihat sepi. Warung-warung yang berjajar rapi di pinggir jalan raya itu semuanya tampak tutup. Para pelanggan banyak yang kecewa melihat hal itu. Tak ada satu pun orang yang terlihat, mungkin dalam benak para pelanggan, timbul pertanyaan, pada ke mana penghuni Kampung Sutra? Tak ada yang bisa menjawab, karena kampung itu memang letaknya agak jauh dari pemukiman penduduk. Lagi pula Kampung Sutra itu hanya didiami sekitar 35 orang saja, yang sebagian besar perempuan. Hanya ada 3 orang laki-laki, yang satu sebagai tukang parkir dan dua lainnya bagian keamanan.

***

Ternyata semua penghuni Kampung Sutra sedang mengadakan wisata ke pantai di daerah Jepara. Mereka menyewa sebuah bus wisata berkapasitas sekitar 54 penumpang, sehingga tempat duduk di dalam bus besar itu cukup longgar. Surantilah yang mempunyai gagasan pergi berwisata bersama-sama, setelah hampir satu bulan dia menjadi maskot di Kampung Sutra. Dari tempat mereka tinggal, tadi pagi berangkat setelah subuh, sayangnya kemarin mereka tidak memberikan pemberitahuan pada para pelanggan, mungkin hal itu yang membuat orang yang datang ke Kampung Sutra balik kanan dengan rasa kecewa.

Sekitar jam sepuluh pagi, rombongan dari Kampung Sutra tiba di pantai yang sudah sangat terkenal di Jepara. Begitu bus berhenti di tempat parkir, yang di dalam bus bergegas keluar. Lalu, terlihat tampak tergesa-gesa ingin segera ke tepi pantai. Sebagian ada juga masih duduk-duduk di kursi yang disediakan di pinggir pantai.

"Mbak Ranti, Mbak Ranti, tunggu!" kata Yayuk yang ada di belakannya. Diikuti lima perempuan yang juga mendekati Suranti.

"Ada apa?" tanya Suranti.

"Gini, entar pas makan siang bareng, ada sedikit acara kecil-kecilan buat Mbak Ranti," jawab Yayuk.

"Iya, Mbak. Dan nanti Mbak Ranti enggak boleh menolak," imbuh Susi yang berbadan gemuk itu.

"Memangnya ada apa, sih?" Wajah Suranti terlihat heran.

"Ada deh. Ayo kita mencebur ke pantai!" Ajak Yayuk lalu berlari menyusul teman-temannya yang terlihat sudah bermain air di pantai. Sebagian ada juga yang berkelompok hanya jalan-jalan melihat suasana pantai dan sekitarnya.

Kedatangan rombongan dari Kampung Sutra di pantai itu sangat menarik perhatian pengunjung lainnya. Lebih-lebih bagi kaum laki-laki, karena hampir sebagian besar anggota rombongan itu perempuan cantik. Bila mereka digoda seseorang, bukannya marah malah mereka tanggapi dengan genit, membuat laki-laki yang sempat menggodanya terlihat senang.

"Sendirian aja, Mbak?" tanya seorang laki-laki pada Suranti, saat dia tahu Suranti berjalan sendirian.

"Iya, Mas. Ada apa ya, Mas?" Suranti balik bertanya.

"Boleh dong, aku temenin." Mulut laki-laki tampak cengar-cengir.

"Boleh, kalau Mas enggak keberatan," jawab Suranti tersenyum.

"Betul, nih." Raut wajah laki-laki itu setengah tak percaya. Suranti menganggguk. Lantas keduanya berjalan beriringan menuju sebuah gasebo yang terletak di ujung sebelah barat.

Setiba di gasebo, laki-laki memperkenalkan dirinya.

"Namaku Iwan. Mbak siapa?" tanya laki-laki yang mengaku bernama Iwan itu.

"Suranti. Panggil saja Ranti, enggak usah pakai mbak," jawab perempuan yang duduk di samping Iwan.

"Iya, Mbak, ee ... Ranti. Kamu cantik." Iwan memuji.

"Gombal, ah!"

"Bener. Aku suka sama kamu, Ranti," ujar Iwan.

"Aduh, Mas. Kita ini baru kenal belum ada semenit. Mimpi kali, ya," sindir Suranti.

"Enggak, betul, kok."

"Mas, kan belum tahu siapa aku sebenarnya."

"Memang, siapa sebenarnya kamu, Ranti. Boleh cerita, dong," pinta Iwan.

"Nanti, Mas akan tahu sendiri." Mata Ranti menatap ke ombak yang mencium bibir pantai. Sementara, Iwan pun terdiam.

Jam makan siang telah tiba. Rombongan dari Kampung Sutra terlihat telah berkumpul di sebuah rumah makan yang sudah di-*booking* sejak pagi tadi. Tak ketinggalan, Iwan yang baru kenal dengan Suranti ikut gabung. Walaupun, dia duduk agak jauh dari rombongan.

Sebelum acara makan siang dimulai, Yayuk minta waktu sebentar untuk bicara di depan rombongan.

"Teman-teman semua, seperti yang sudah kita rencanakan kemarin. Siang ini, kita akan menjadikan Mbak Ranti sebagai Mami di Kampung Sutra, setujuuu?" kata Yayuk dengan lantang.

"Setujuuu ...!" Semua yang hadir menjawab serentak.

Suranti tampak terkejut mendengar perkataan Yayuk, raut wajahnya juga terlihat bingung.

"Mbak Yayuk—" Belum juga Suranti berlanjut ingin ngomong, sudah dipotong oleh Yayuk.

"Sebentar, Mbak. Jadi mulai saat ini, peraturan dan lain-lainnya yang akan menangani Mbak Ranti. Kita sebagai anak buah harus mau menuruti apa kata dan perintah Mbak Ranti. Untuk itu, kita sekarang kalau memanggil Mbak Ranti, dengan panggilan Mami!" Lanjut Yayuk lantas menyalami Suranti yang masih bengong. Sebenarnya dia ingin bicara, tetapi anggota rombongan lainnya telanjur maju satu persatu ikut menyalami dan memberi selamat kepada Suranti. Seakan-akan tidak memberi waktu untuk Suranti menolak atau bicara sedikit pun.

Iwan yang sejak tadi melihat dan mendengarkan dari dekat, raut wajahnya tampak terkejut. Mungkin dia tak menyangka,

Suranti perempuan cantik dan masih muda yang baru dikenalnya, ternyata seorang ....

"Mas Iwan sekarang tau, kan? Siapa aku?" Tiba-tiba Suranti sudah ada di dekat Iwan duduk. Dia agak terperanjat dan tak sepatah kata pun keluar dari bibirnya.

BAB 12. PERTEMUAN TAK TERDUGA

Sejak manajemen Kampung Sutra dipercayakan kepada Suranti, kondisi kampung itu tampak banyak perubahan. Suranti sendiri menerapkan ilmu yang didapatnya saat masih sekolah di kejuruan dulu. Apalagi sekarang semua penghuni mengangkat dirinya sebagai induk semang alias mami. Dia merasa mempunyai tanggung jawab yang besar terhadap kelangsungan anak buahnya. Bahkan Suranti menaikkan tarif dirinya, dengan tujuan para lelaki yang membawa uang pas-pasan tidak akan mengajak dirinya. Suranti mengarahkan ke anak buahnya, dan siasat itu berjalan dengan baik.

Suranti pun menjalin kerja sama dengan dinas kesehatan setempat, agar semua penghuni Kampung Sutra diperiksa kesehatannya dua kali dalam sebulan. Tujuannya untuk mencegah terjangkitnya penyakit, baik bagi anak buahnya sendiri juga para pelanggannya. Itulah beberapa perubahan yang dilakukan Suranti setelah menjadi Mami di Kampung Sutra. Termasuk kebersihan warung-warung dan *banner-banner* tulisan yang ada dirapikan, supaya para tamu yang datang merasa nyaman, walaupun hanya sekadar untuk makan atau minum kopi.

"Mbak Suranti, ini ada setoran dari beberapa anak-anak yang tadi malam dapat job," kata Yayuk pagi itu.

"Catat saja di pembukuan. Setelah kamu potong dengan iuran wajib. Segera bagikan hak mereka," kata Suranti yang lagi asik menonton televisi di ruang ukuran 6 x 6 yang dipakai sebagai ruang administrasi Kampung Sutra.

"O, iya. Mbak Yayuk, nanti siang aku akan ke Rembang menemui ibuku. Udah hampir dua bulan enggak aku tengok," ucap Suranti.

"Perlu aku temani, Mbak?" tanya Yayuk.

"Gak usah. Pulangku besok pagi. Mbak Yayuk ngurusi aja anak-anak di sini," jawab Ranti.

"Baik, Mbak."

***

Siang itu sekitar jam sebelas, Suranti tiba di rumah kontrakan ibunya di Rembang. Dari Kampung Sutra tadi, dia naik bus jurusan Surabaya-Semarang.

"Ibu!" Panggil Suranti, saat tiba di depan rumah ibunya.

"Suranti, kamu kapan datang?" tanya Juarmi lalu memeluk ibunya.

"Baru saja. Ibu sudah makan?" Suranti balik bertanya.

"Belum."

"Kebetulan aku juga belum. Bagaimana kalau kita makan di luar, Bu? Sekalian Ranti mau belanjain kebutuhan bulanan."

"Boleh. Ibu juga belum masak. Kamu datang mendadak. Ibu ganti baju dulu, ya." Suranti mengangguk.

Tak berapa lama, Suranti dan ibunya sudah berada di dalam mobil angkot. Hanya ada beberapa penumpang di dalamnya, hingga tempat duduknya cukup longgar. Setelah sampai di depan sebuah mal terbesar di Kota Rembang, Suranti dan ibunya turun. Tampak keduanya tidak langsung masuk ke mal, tetapi berjalan ke sebelahnya. Di situ ada beberapa tenda makan. Rupanya Suranti dan ibunya ingin makan siang terlebih dahulu, sebelum belanja.

Selesai makan, ibu dan anak itu bergegas menuju ke mal. Suranti ingin menyenangkan hati ibunya. Terlihat, apa pun yang diinginkan ibunya, dia turuti. Namun, Juarmi juga buka tipe wanita yang konsumtif. Dia hanya membeli beberapa keperluan yang memang dibutuhkan, utamanya sembako. Mungkin dia menyadari, umurnya sudah tidak muda lagi. Juarmi tak sedikit pun melirik atau tertarik untuk beli make up. Padahal, Suranti sudah sering menawarinya.

Hampir dua jam Suranti dan ibunya belanja. Setelah semuanya didapat, mereka berdua keluar dari mal. Saat sedang menunggu angkot datang, tiba-tiba ada yang memanggil nama Suranti.

"Suranti!" Seseorang terdengar memanggilnya. Suranti menoleh.

"Mas Didik!" Raut wajah Suranti tampak kaget. Dia mungkin tak menyangka, bisa bertemu Didik Purnomo mantan pacarnya.

"Tak kusangka kita bisa ketemu di sini," ujar Didik. "Bu, gimana kabarnya?" Lanjutnya.

"Baik. Kamu sendiri sedang apa di sini?" tanya Juarmi.

"Setor barang, Bu. Ini kalian mau ke mana? Biar aku antar." Didik menawarkan diri.

"Pulang, Mas," ucap Suranti.

"Kalian tunggu di sini. Aku ambil mobil dulu." Tanpa menunggu jawaban dari Suranti, Didik bergegas meninggalkan ibu dan anak itu. Sementara, Suranti dan ibunya hanya saling pandang.

***

Sampai juga Didik mengantar Suranti dan ibunya di rumah kontrakan Juarmi. Rumah yang terletak di sebuah kampung dekat dengan arah jalan menuju ke Blora.

"Ooo, jadi sekarang rumah kalian di sini?" tanya Didik, setelah turun dari mobil.

"Iya, Mas. Tapi masih ngontrak, kok," jawab Suranti.

"Iya, enggak apa-apa. Lha rumah yang di Rejosari?" Didik bertanya lagi.

"Masih. Dipakai saudara. Ayo masuk dulu, Mas." Ajak Suranti.

"Suamimu?"

"Dia tetap di Rejosari. Aku di Rembang ini kerja, Mas. Semenjak suamiku usahanya bangkrut," jelas Suranti berbohong, agar Didik tak ingin mengetahui sebenarnya yang terjadi pada dirinya.

"O ..., maaf."

"Silakan, kalian ngobrol dulu. Ibu ke belakang buat minuman," ujar Juarmi terus melangkah ke dapur.

"Maafkan aku, kejadian dulu, Mas," kata Suranti.

"Iya, nyantai aja. Aku juga minta maaf, dulu tak pernah mengabarimu dan tau-tau kamu sudah menikah," ucap Didik.

Lantas keduanya terdiam, mungkin pikiran.mereka berdua tengah melayang ke masa lalu. Didik sering kali menatap tajam ke wajah Suranti, membuat Suranti menundukkan muka. Hingga senja menjelang, tak banyak yang mereka omongkan. Sampai Didik pamit pulang, serta berjanji, kapan-kapan akan datang lagi.

Suranti dan ibunya mengantar Didik sampai halaman depan, sampai mobil Didik lenyap dari pandangan mereka.

"Kamu masih cinta sama Didik, Ranti?" tanya ibunya.

"Entahlah, Bu. Aku sendiri juga enggak tau," jawab Suranti.

"Iya, udah. Ayo masuk. Hari sudah mulai gelap." Ajak ibunya. Suranti mengangguk pelan.

Namun, kembali Suranti menatap ke arah di mana tadi mobil Didik terparkir. Mungkin Suranti sedang berpikir, laki-laki itulah yang dulu menikmati kegadisanku untuk pertama kalinya, atas dasar suka sama suka.

"Aku sekarang bukan Suranti yang dulu. Suranti sekarang hidupnya sudah bergelimpangan noda," gumam wanita cantik berumur dua puluh dua tahun itu.

"Ranti!" Panggilan ibunya membuyarkan lamunan Suranti.

"Iya, Bu." Suranti melangkah masuk ke rumah.

BAB 13. PENDATANG BARU

"Mami, tempat kita ada pendatang baru," ujar Yayuk pagi itu, saat dia tahu Suranti sudah pulang dari Rembang.

"Dari mana asalnya?" tanya Mami Ranti

"Daerah Sragen, Mbak. Itu yang ada tempat ritualnya," jawab Yayuk.

"O ..., terus sekarang di mana orangnya?" Kembali Mami bertanya.

"Lagi tiduran di kamarnya si Maya."

"Ya, udah. Entar jam sepuluh suruh menemui aku. Aku ingin istirahat dulu," kata Mami Ranti

"Baik."

***

Suranti menatap wajah perempuan cantik yang duduk di depannya tanpa berkedip. Dia perhatikan juga cara berpakaiannya, sederhana dan tak menunjukkan kalau perempuan itu dari kalangan atas.

"Nama kamu siapa?" tanya Suranti.

"Suginah, Mbak. Biasa dipanggil Gina," jawab perempuan berkaos merah itu.

"Umur?"

"Dua puluh dua tahun."

"Kamu sudah lama berkerja seperti ini?" Suranti lantas meletakkan pantatnya di kursi.

Perempuan yang mengaku bernama Gina itu, lalu bercerita pada Suranti. Dia terjun ke dunia prostitusi sebenarnya bukan kemauannya. Itu semua karena tipu muslihat pacarnya, yang telah menodai dia saat mabuk bersama. Namun, ternyata pacarnya itu sudah mempunyai istri dan anak. Hati Gina hancur mendengar hal itu. Gina pun lantas minggat dari rumah sampai dia bertemu dengan wanita setengah baya, dan diajak membantu di warungnya yang terletak di daerah Barong, Sragen. Hingga lama-kelamaan Gina pun terjerumus menjadi wanita penghibur karena warung milik wanita yang menolongnya itu berada di kompleks pelacuran.

Tak disangka, suatu saat Gina bertemu dengan mantan pacarnya di tempat dia bekerja. Mantan pacarnya itu mengancam, kalau dia tak mau melayani dan memberi uang, laki-laki itu akan melaporkan keberadaan Gina kepada orang tuanya. Gina pun terpaksa menuruti permintaan mantan pacarnya itu. Kejadian yang menimpa Gina berlangsung berulang-ulang, setiap seminggu sekali, mantan pacarnya datang dan meminta jatah. Setelah dirasa perlakuan mantan pacarnya sudah sangat keterlaluan, Gina memutuskan pergi dari tempat itu, dibantu salah satu pelanggannya, hingga diantar sampai Kampung Surga.

"Ooo, begitu. Tega benar pacarmu memeras tenaga dan menikmati tubuhmu dengan gratis. Benar-benar laki-laki tak tahu diri," ujar Suranti tampak geram.

"Aku bolehkan, kerja di sini, Mbak?" tanya Gina.

"Tentu saja boleh. Kamu sudah tahu kan peraturannya?" tanya Suranti.

"Iya, Mbak. Tadi pagi sudah tahu dari Mbak Yayuk," jawab Gina.

"Bagus. Mulai saat ini, panggil aku dengan sebutan Mami," pinta Suranti.

"Iya, Mami."

"Sekarang ikut Mami ke Puskesmas. Kamu akan Mami periksakan kesehatanmu. Ini demi diri sendiri dan calon pelangganmu nanti." Suranti beranjak dari tempat duduknya dan keluar dari ruangan.

"Baik, Mami," ucap Gina mengikutinya dari belakang.

***

Senja belum juga menghilang, tetapi suasana Kampung Sutra sudah terlihat sangat ramai. Beberapa mobil dan kendaraan berjajar rapi di tempat parkir. Bahkan saking banyaknya kendaraan, tempat parkir pun tidak muat. Ada yang berjajar rapi di pinggir jalan dengan penjagaan petugas keamanan.

Malam itu, memang ada hal yang sangat istimewa bagi pengunjung Kampung Sutra. Mereka yang kebanyakan kaum laki-laki hidung belang, sangat dibuat terkejut. Warung-warung di Kampung Sutra mulai saat itu tidak menyediakan minuman beralkohol, apalagi minuman keras. Itu satu peraturan baru yang dibuat oleh induk semang alias Mami Kampung Sutra yang bernama Suranti.

Ide itu datang dari Suginah, yang biasa dipanggil Gina. Padahal, dia baru tiga hari datang di Kampung Sutra tiga hari yang lalu.

Namun, saat Gina memberikan masukan dan saran ke Mami Ranti, berdasarkan pengalaman Gina di tempat lama, ternyata Mami sangat setuju. Sebelumnya memang banyak yang menentang, dengan alasan kalau kebetulan job lagi sepi, hasil dari minuman itulah penutupnya. Suranti lalu menyatakan dengan tegas, dia yang akan menutup kekurangan pemasukan bila job sepi. Karena itulah, semua penghuni Kampung Sutra menyetujui, mungkin mereka tidak salah mengangkat Suranti sebagai induk semang atau Mami. Dia sangat bertanggungjawab terhadap kesejahtraan anak buahnya. Suranti berani melakukan itu, sebab uang yang dia ambil dahulu dari Kang Trimo, lebih dari cukup untuk menutup kekurangan biaya operasional Kampung Sutra.

Suranti pun telah memberi modal pada Suginah, alias Gina. Pendatang baru itu, sebelum menjadi wanita penghibur, dia mempunyai keahlian meracik jamu. Itulah yang nantinya akan disuguhkan kepada para pelanggan Kampung Sutra, sebagai pengganti minuman keras.

Bos Kampung Sutra pun menyatakan, satu bulan ke depan, akan ada perombakan warung-warung yang ada. Namun, tetap buka seperti biasa dari sore hingga malam hari. Untuk pagi hari hingga sore jam tiga, Kampung Sutra hanya melayani para pembeli yang ingin sekadar makan dan minum, bukan pelayanan untuk laki-laki yang ingin menyalurkan hasrat birahi.

Para pengunjung yang malam itu kebetulan datang di Kampung Sutra, semua dapat menerima yang disampaikan oleh Suranti. Namun, ada juga yang langsung pergi. Mungkin orang itu tak sependapat dengan peraturan yang ada di Kampung Sutra, atau mungkin dia memang pecandu minuman keras, maka dia pergi mencari tempat lain.

BAB 14. KAMPUNG BARU (1)

Satu sampai dua minggu, Kampung Sutra memang agak sepi pengunjung. Beberapa warung memang direnovasi, apalagi di warung-warung itu sudah tidak menyediakan minuman keras dan sejenisnya. Namun, telah diganti dengan minuman sejenis jamu dan obat-obatan herbal. Para wanita penghibur pun oleh pengelola Kampung Sutra didatangkan ahli pijat dan ahli jahit menjahit, untuk melatih ketrampilan mereka. Mami atau induk semang kampung itu, Suranti, menginginkan ke depannya para penghuni atau anak buahnya bisa beralih profesi, dari wanita penghibur menjadi wanita baik-baik dan mempunyai usaha yang mandiri. Bisa menjadi tukang pijat ataupun tukang jahit. Sebagian juga berlatih meracik jamu dengan Suginah. Sementara Suranti sendiri ikut kursus menjahit, walaupun dia dan anak buahnya masih siap melayani pelanggan yang membutuhkan di malam hari.

"Dua minggu ini agak sepi, Mami. Pemasukan turun drastis walau tidak kosong sama sekali." Yayuk melaporkan pembukuan pada Suranti.

"Sabar. Tunggu satu minggu lagi. Renovasi dua warung lagi selesai dan anak-anak sudah lumayan menguasai hasil pelatihan," kata Mami Ranti.

"Terus, apakah nanti Kampung Sutra kita ini, bisa kembali ramai?" tanya Yayuk dengan nada sedikit cemas.

"Percayalah. Perubahan ini akan membawa dampak yang baik. Ini aku beri uang lima juta, kau berikan pada anak-anak yang kurang job dan untuk menutup biaya operasional," jawab Mami Ranti sembari menyerahkan sebuah amplop tebal pada Yayuk.

"Terima kasih, Mami. Saya sangat percaya dengan rencana-rencana yang Mami lakukan," ujar Yayuk, lantas meninggalkan Mami Ranti keluar dari ruangan bosnya itu.

Ada peristiwa aneh dan agak lucu terjadi di Kampung Sutra. Sore itu, dua orang tukang yang ikut bekerja merenovasi warung-

warung di kampung itu, datang menemui Yayuk. Mereka berdua menyampaikan suatu permintaan dengan wajah malu-malu.

"Sore, Mbak Yayuk," sapa salah satu tukang bangunan yang memakai kaos putih bertulisan *warrior*, sedang satunya berbaju biru lengan panjang.

"Sore, eee ... pak tukang. Tumben belum pulang dan sudah rapi lagi. Ada yang bisa aku bantu?" Yayuk menatap wajah kedua laki-laki yang berprofesi sebagai tukang bangunan itu.

"Eee ... Gini lho, Mbak ... Kamu aja yang ngomong," kata laki-laki yang memakai kaos putih, sembari menyenggol bahu temannya yang berbaju biru.

"Udah, kamu aja," ujar temannya itu.

"Ini sebenarnya ada apa sih?" tanya Yayuk dengan pandangan heran.

"Kami malu ingin mengatakannya, Mbak?"

"Aduh, pake malu segala. Sudah, sini bisikin di kupingku kalau malu," ujar Yayuk mendekatkan telinganya ke mulut laki-laki yang berkaos merah.

Lantas laki-laki itu membisikkan sesuatu ke telinga Yayuk.

Raut wajah Yayuk terlihat lucu, begitu mendengar bisikan dari laki-laki itu. Dia mungkin tak menyangka, permintaan dua tukang itu sebenarnya hanya sepele.

"Hihihihihihi ... enggak takut nih, entar ketahuan istrinya? Makanya aku heran, kenapa kok, bapak-bapak ini enggak langsung pulang. Ternyata lama-lama pingin juga, ya?" Goda Yayuk dengan nada genit.

"Mbak Yayuk, jangan gitu, ah. sudah tanggung nih *bohongin* istri, kita bilang lembur. Pulang malam," ujar laki-laki yang berbaju biru.

"Oke-oke. entar aku bilangin ke Mami Ranti. Biar dia yang ngatur semuanya." Yayuk lantas meninggalkan dua laki-laki itu.

Di salah satu ruang yang dipakai sebagai sekretariat, Mami Ranti tertawa terbahak-bahak mendengar cerita Yayuk. Ada dua tukang bangunan yang ikut merenovasi Kampung Sutra, upah mingguannya hanya diminta separoh, terus yang separuhnya untuk mem-*booking* anak buah Mami Ranti. Namun, saat ingin mengutarakan maksudnya, mereka tidak bicara terus-terang. Itu yang mungkin membuat bos Kampung Sutra itu terpingkal-pingkal.

"Gimana, Mami? Entar dia nagih ke aku," ujar Yayuk dengan nada cemas.

"Kamu aja, sana! Hahahahaha ...." Goda Mami Ranti.

"Iiih, Mami. Aku ogah, ah. Dia sudah tuaan." Yayuk menolak.

"Ya, udah suruh melayani Mbak Murni sama Mbak Ika. Umur mereka kan sepadan," kata Mami Ranti.

"Baik, Mami. Akan kusampaikan." Yayuk lantas keluar ruangan. Mami Ranti kembali tertawa.

***

Satu bulan berjalan, renovasi Kampung Sutra selesai. Kondisi warung-warung terlihat bersih, dihiasi berbagai tulisan di *banner* untuk promosi. Ada pusat jamu, panti pijat, depot makan, kedai kopi, dan lainnya. Orang yang sedang melintas atau kebetulan singgah di Kampung Sutra, agak kaget melihat perubahan Kampung Sutra itu.

Perkiraan Suranti sangat tepat. Dulu dia pernah mengatakan pada Yayuk, untuk menunggu selesai semua direnovasi. Ternyata betul, lambat laun Kampung Sutra kembali banyak dikunjungi orang. Yayuk seolah tak percaya, setiap hari para pengendara motor, pengemudi mobil yang sering lewat di jalan pantura depan Kampung Sutra, banyak yang singgah. Walaupun, hanya sekadar ingin makan dan minum, beli jamu, pijat kelelahan, atau pun hanya untuk melihat-lihat. Itu terjadi bila di siang hari.

Sebaliknya, bila senja menjelang dan malam pun tiba, suasana sudah berbeda. Kedatangan para laki-laki hidung belang yang ingin melampiaskan nafsunya sudah sedikit berkurang. Mungkin karena penataan lokasi Kampung Sutra yang sudah tidak seperti dulu lagi, serta tak tersedianya minuman beralkohol. Orang-orang yang hobinya minum, sudah tak kelihatan batang hidungnya.

"Gimana, Mbak Yayuk? Tepat bukan perkiraanku?" ujar Mami Ranti.

"Iya, Mami. Tapi—" Yayuk tidak meneruskan ucapannya.

"Tapi apa, Mbak Yayuk?" Mami Ranti menatap tajam ke wajah asistennya itu.

"Pendapatan dari job malam menurun," jawab Yayuk.

"Justru ini yang aku harapkan. Sedikit demi sedikit, kita akan menghilangkan imej Kampung Sutra sebagai kampung maksiat. Kita ubah menjadi kampung untuk berdagang dan untuk buka usaha."

"Terus, kita akan berhenti dari profesi yang lama, gitu?"

"Betul. Tapi tidak untuk hari ini. Aku sendiri juga masih mau melayani tamu, kalau ada yang *booking*. Kamu juga, kan? Tapi ingat, umur kita semakin bertambah tua. Apa kita ingin bekerja terus-menerus sebagai wanita penghibur? Tidak bukan? Semakin kita tua, yang akan kita tawarkan, semakin tidak akan laku," papar Mami Ranti.

"Pemikiran Mami sangat bagus. Aku setuju pendapat yang Mami sampaikan," ujar Yayuk.

"Makanya, nanti kalau Kampung Sutra mulai ramai lagi. Nama kampung ini aku tambahi," kata Mami Ranti.

"Jadi apa, Mami?"

"Kampung Sutra Baru."

"Sip. Aku setuju." Yayuk mengacungkan dua jempolnya. Mami Ranti tampak tersenyum.

BAB 15. KAMPUNG BARU (2)

Mengagumkan. Itulah kata-kata yang terlontar dari sebagian pengunjung Kampung Sutra. Salah satunya datang dari Pak Camat, pejabat pemerintah yang sudi untuk datang meresmikan pergantian nama Kampung Sutra menjadi Kampung Sutra Baru. Bahkan pejabat negara itu juga mengusulkan beberapa bantuan ke kabupaten, untuk para penghuni Kampung Sutra Baru yang sudah memulai dengan usaha barunya, agar lebih maju.

Mami Ranti dan seluruh penghuninya tampak gembira, perubahan yang mereka lakukan tidaklah sia-sia. Apalagi, sedikit demi sedikit para penghuni Kampung Sutra Baru mulai menolak dengan halus, para tamu yang ingin mem-*booking* mereka. Walaupun, masih ada beberapa yang masih menerima, itu hak mereka. Mami Suranti pun sebagai pengelola kampung itu, juga tidak melarang. Mami Suranti sendiri telah memulai buka usaha warung kopi, seperti saat dia masih bertempat tinggal di daerah asalnya, Rejosari, Grobogan dahulu.

"Gimana, Mbak Yayuk. Sesuai prediksiku, 'kan? Kampung yang kita kelola, sekarang sudah mulai berbenah total," kata Mami Ranti, sore itu saat berada di ruang sekretariat.

"Iya, Mami. Warung sotoku juga sudah mulai banyak disukai orang," ujar Yayuk.

"Makanya, kita fokus ke usaha. Pelan-pelan kita sudahi masa kelam dulu. Mari kita bekerja secara baik-baik." Lanjut Mami Ranti.

"Tapi, dengan panggilan Mami, gimana?" tanya Yayuk.

"Gak apa-apa. Itu juga enggak ngaruh buatku," jawab Mami Ranti.

Matahari berangsur menghilang, petang telah datang. Para penghuni Kampung Sutra Baru beraktivitas tak seperti biasanya. Cara mereka berpakaian juga sudah berbeda, tidak terlalu seronok dan ketat, malah cenderung rapat menutupi tubuhnya.

Tak berapa lama, beberapa motor dan kendaraan berhenti di tempat parkir. Sebagian ada yang parkir tepat di depan warung-warung.

"Wow, sekarang tampak bersih dan nyaman ya, di sini." Puji seorang laki-laki yang baru saja datang di warung sotonya Yayuk.

"Iya, Mas. Silakan duduk. Di kampung ini sekarang tinggal milih," ujar Yayuk.

"Eee ... Mamimu ada ndak?" tanya laki-laki setengah baya.

"Ada, mau apa?" Yayuk balik bertanya.

"Ya, cuma pingin ketemu aja."

"Tuh, warung yang pojok, kopi nyamleng."

"Oke, aku ke sana dulu. Besok gantian sotomu." Laki-laki itu lalu menuju ke warung Suranti.

Setibanya di depan warung bos Kampung Sutra Baru, laki-laki setengah baya itu menyapa pemilik warung.

"Selamat malam, Mami Ranti." Sapa laki-laki itu ramah.

"Selamat malam, Pak. Silakan duduk. Ingin minum kopi apa?" tanya Mami Ranti.

"Kopi hitam aja. Eee ... Boleh kita sambil ngobrol?" tanya laki-laki itu sembari meletakkan pantatnya di kursi.

"Boleh, boleh. Mumpung para pelanggan belum banyak yang datang," jawab Mami.

Laki-laki itu wajahnya tampak sumringah, apalagi hanya dia satu-satunya pengunjung yang datang di warung kopi Suranti saat itu. Matanya tak berkedip menatap wanita yang sedang menyeduh secangkir kopi.

"Ini, Pak. Kopinya," ujar Mami Ranti.

"Terima kasih. Perkenalkan, saya Aris Setiawan. Biasa dipanggil Aris," kata laki-laki itu memperkenalkan diri.

"Saya, Suranti. Panggil saya Ranti," ujar wanita cantik berusia dua puluh dua tahun itu.

Lantas Aris dan Ranti tampak asyik mengobrol. Kadang diselingi canda dan tawa. Tampaknya mereka berdua mulai akrab satu sama lain, Aris pun juga tak terlalu mempermasalahkan status

Suranti, yang telah menceritakan masa lalunya. Begitu pun Suranti, dia juga tak mempermasalahkan Aris yang seorang duda beranak satu.

"Ranti, kapan kamu punya waktu?" tanya Aris.

"Maksudnya, Pak?" Suranti balik bertanya.

"Sekali-kali kita *refreshing* ke mana, gitu. Biar kamu enggak *ngurusi* Kampung Sutra baru saja. Jangan panggil 'pak' lagi, ah. Kukira aku juga belum terlalu tua." Aris menatap wajah Suranti dengan tajam.

"Iya, deh Pak, eee ... Mas." Ranti tersenyum.

Obrolan mereka terhenti, saat ada beberapa orang masuk ke warung Ranti. Dia pun bergegas melayani para pembelinya sembari melirik Aris dan melempar senyum manisnya. Tampaknya Aris memahami, arti senyuman Suranti pada dirinya.

BAB 16. JATUH HATI

Semenjak sering bertemu dan juga keseringan mengobrol berdua, hubungan antara Suranti dan Aris semakin bertambah akrab. Bahkan mereka sudah terbiasa bepergian bersama, entah belanja ataupun hanya sekadar jalan-jalan di tepi pantai, yang ada di dekat tempat tinggal mereka. Para penghuni Kampung Sutra Baru, juga telah mengetahui, kalau Mami mereka mempunyai hubungan khusus dengan seorang duda beranak satu. Apalagi, kabarnya Suranti telah diperkenalkan dengan anak perempuan sang duda itu.

"Ranti, kamu mau kukenalkan pada anakku?" tanya Aris, saat mereka sedang makan siang di sebuah rumah makan di Kota Tuban.

"Apakah tidak terlalu cepat, Mas. Kita kenal belum ada sebulan," jawab Ranti.

"Gak apa-apa. *Lagian* aku memang sudah terlanjur suka sama kamu, Ranti," ujar Aris dengan nada sedikit gemetar.

Suranti tersentak mendengar ucapan laki-laki yang duduk di hadapannya. Mungkin tak menyangka secepat itu Aris mengutarakan isi hatinya.

"Kenapa diam, Ranti? Aku mengatakan apa adanya padamu? Tapi, terserah kamu. Aku juga tak ingin secepatnya menjawab. Lagian, aku juga sadar, siapa diriku." Lanjut Aris sembari menatap wajah Suranti.

"Bukan begitu, Mas. Apa enggak sebaliknya? Mas Aris tahu sendiri, aku ini perempuan seperti apa. Kehidupanku penuh noda. Pantaskah orang baik seperti Mas Aris menyukai aku?" Ranti malah balik bertanya.

"Justru itu, Ranti. Aku ingin mengangkatmu dari lembah hitam itu. Aku tak peduli kamu ini siapa, masa lalumu bagaimana. Yang kuinginkan, kamu juga mau menerimaku apa adanya," kata Aris berharap.

Suranti kembali terdiam, tangan kanannya memainkan sendok yang ada dalam gelas. Mungkin pikirannya sedang kacau, setelah mendengar perkataan Aris. Mungkin juga Suranti sedang mempertimbangkan permintaan laki-laki berstatus duda anak satu itu, atau dia membayangkan Kang Trimo, suaminya yang dia tinggalkan begitu saja. Entahlah, yang jelas belum ada satu pun kata terucap, dari bibir tipis wanita cantik yang sering dipanggil dengan sebutan Mami oleh anak buahnya.

Waktu terus berjalan, matahari sudah ada di atas kepala, suasana rumah makan yang terkenal dengan menu spesial ikan laut itu, semakin ramai. Namun, Suranti belum juga keluar suara. Hingga Aris mengajaknya pulang, karena merasa perutnya sudah kenyang.

"Ayo, kita pulang, Ranti. Kamu kan juga butuh persiapan untuk membuka warung kopimu," ujar Aris. Suranti hanya mengangguk dan segera beranjak dari kursi yang didudukinya.

Setelah membayar ke kasir, Aris dan Suranti keluar dari rumah makan dan naik ke mobil milik duda anak satu itu. Sepanjang perjalanan, tak ada pembicaraan antara keduanya. Aris juga konsentrasi ke jalan, karena arus lalu lintas cukup padat. Sementara, Suranti matanya tampak terpejam, entah tidur atau mungkin pura-pura tidur.

Satu jam perjalanan, mobil yang dikemudikan Aris telah sampai di Kampung Sutra Baru. Suranti pun bergegas turun dari mobil.

"Ranti, aku masih menunggu jawabanmu," ucap Aris dari dalam mobil.

"Iya, Mas." Mobil Aris pun maju, meninggalkan Suranti yang berdiri di pinggir jalan.

Wanita pengelola Kampung Sutra Baru itu, melangkah ke warung dan membuka pintunya. Diletakkan tas kecil di atas meja, lantas dia duduk di kursi. Pandangan matanya diarahkan ke jalan. Terlihat berbagai jenis kendaraan berlalu-lalang.

"Jalan di depan warungku sangat ramai, tapi mengapa hatiku saat ini terasa sepi. Apa benar, aku juga mulai menyukai Mas Aris?

Bagaimana dengan Kang Trimo, dia sampai saat ini masih berstatus suamiku yang sah," gumam Suranti. Tangan kanannya tampak memijat-mijat keningnya, mungkin kepalanya agak pusing memikirkan hal itu.

"Mami, tadi ada yang mencari?" Tiba-tiba ada suara membuyarkan lamuna Suranti. Ternyata suara Yayuk.

"Siapa, Mbak?" tanya Ranti.

"Enggak tau, Mami. Ngakunya bernama Didik," jawab Yayuk lantas membalikkan badan dan kembali ke warungnya.

"Mas Didik. Aduh, kok dia tahu tempatku di sini. Ini pasti ibu yang memberitahu. Aduh, bagaimana ini? Bagaimana kalau Mas Didik tahu pekerjaanku sebenarnya?" Suranti berdiri. Dia mondar-mandir di dalam warungnya.

Lantas Suranti kembali menutup warungnya. Dia tampak bergegas menuju ke warung Yayuk. Setelah berbicara sesaat dengan asistennya itu, lalu Suranti berdiri di pinggir jalan. Tak lama kemudian, ada sebuah bus berhenti di depannya, karena dia tadi memang menyetopnya. Wanita cantik itu lantas naik ke atas dan bus pun kembali berjalan.

"Mami Ranti mau ke mana, ya? Kok tampaknya tergesa-gesa gitu. Wajahnya juga kelihatan seperti orang bingung," gumam Yayuk sembari menatap bus yang ditumpangi Suranti yang semakin menjauh.

BAB 17. TUTUP MULUT

Begitu Suranti turun dari bus, dia bergegas menuju ke rumah ibunya. Wanita cantik itu tersentak, saat melihat sebuah mobil ada di depan rumah orang tuanya. Suranti hafal betul itu mobil milik Didik Purnomo, seorang *sales per loper*, yang juga mantan pacarnya.

Tanpa permisi, Suranti langsung masuk ke rumah ibunya. Dilihatnya Didik sedang berbincang-bincang dengan Juarmi ibu Suranti.

"Ranti," sapa Didik saat menoleh ke arah Suranti.

"Duduk, Ranti. Ibu mau bicara," ujar Juarmi.

"Bicara tentang hal apa, Bu?" tanya Ranti sembari meletakkan pantatnya di kursi.

"Tadi kamu ke mana? Didik ke tempat kerjamu kok, enggak ada?" Juarmi balik bertanya.

"Ooo, tadi ada urusan sebentar. Tadi, temanku sudah bilang sama aku. Dicari Mas Didik," jawab Ranti.

"Iya, Ranti. Ada yang ingin kubicarakan padamu," ujar Didik.

Ranti mengangguk. Wajah yang tadi agak tegang, sedikit mereda. Ternyata Didik belum cerita apa-apa pada ibunya.

"Bu, Aku tinggal dulu, ya," ujar Ranti beranjak dari kursinya. Juarmi tersenyum sembari mengggangguk.

"Permisi, Bu." Didik mengikuti Suranti keluar rumah.

Keduanya berjalan beriringan menuju mobil. Tak berapa lama, mobil yang dikemudikan Didik itu berjalan pelan-pelan meninggalkan rumah ibunya Suranti.

"Kita mau ke mana ini?" tanya Didik.

"Terserah, Mas Didik," jawab Ranti.

"Gimana kalau kita cari tempat yang nyaman untuk ngrobol berdua saja," ujar Didik. Mungkin Suranti sudah paham, arti tempat nyaman yang diucapkan Didik.

"Oke, enggak masalah," ucap Ranti. Didik tersenyum, lantas menambah kecepatan laju mobilnya.

Setelah satu jam perjalanan, mobil yang dikemudikan Didik tiba di Kota Pati. Kemudian mobil itu masuk ke halaman sebuah hotel kelas melati yang terletak di pinggiran kota.

"Ayo, kita turun, Ranti." Ajak Didik. Suranti lalu turun dari mobil dan mengikuti langkah Didik.

"Ini kamarku. Silahkan masuk, tak tinggal dulu cari makanan," ujar Didik membuka pintu. Suranti masuk dan Didik lantas meninggalkan wanita cantik itu sendirian.

Senja datang menjelang. Matahari sudah tidak lagi terlihat di ufuk barat. Lampu-lampu penerang jalan di kota yang terkenal dengan nasi gandulnya itu, mulai tampak menyala. Di sebuah kamar hotel kelas melati, Suranti dan mantan pacarnya terlihat sedang mengobrol serius.

"Jadi, kamu sekarang kerja sebagai—" Belum selesai Didik ngomong, dipotong oleh Suranti.

"Memang iya. Kenapa, Mas?" Ranti menatap raut wajah Didik.

"Ibumu sudah tau, tentang hal itu?"

"Belum. Tadi Mas Didik belum cerita ke ibu aku, kan?" tanya Ranti.

"Tapi, suatu saat pasti tahu juga," sahut Didik.

"Makanya itu, aku minta tolong sama Mas Didik, jangan sampai cerita sama ibuku," pinta Ranti.

"Bisa sih. Asal ada imbalannya?"

"Imbalannya apa, Mas?"

Lalu, Didik membisikkan sesuatu ke telinga Ranti. Ranti agak tersentak mendengar bisikan dari Didik.

"Gimana? Mau *ndak?*" tanya Didik sambil menatap ke wajah Ranti.

"Kok, gitu. Mas. Apa tidak ada syarat yang lain? Atau salah satu saja," jawab Ranti, nadanya terdengar kesal.

"Iya, kalau *ndak* mau *ndak* apa-apa. Aku tinggal bilang ibumu, atau bahkan ke suamimu yang di Rejosari itu," ancam Didik.

"Jadi Mas tetap ingin kedua-duanya. Setiap satu minggu sekali menikmati tubuhku dan juga aku memberimu uang lima ratus ribu?" kata Ranti. "Apa enggak terbalik, Mas?"

Didik menggeleng, dia mendekatkan mukanya ke muka Suranti.

"Kalau memang *ndak* mau, saat ini juga kamu bisa tinggalkan tempat ini. Anggap saja permintaanku sebagai imbalan tutup mulut pada ibumu dan suamimu, Ranti." Suara Didik terdengar pelan, tetapi bagi Suranti sudah seperti sebilah pisau tajam yang akan menggorok lehernya. Pedih.

Sesaat kemudian, Ranti berkata, "Ya udah. Aku ikuti permintaanmu, Mas." Wajah Didik tampak semringah. Tanpa ada komando, bibir Didik langsung mencium bibir Suranti dengan buasnya. Suranti pasrah, walaupun dulu juga pernah melakukan hal yang sama dengan laki-laki itu. Namun, saat ini situasinya lain. Ibarat dia sedang membayar atau memberikan ongkos pada orang yang dia suruh bekerja.

Melihat tak ada reaksi dari Suranti, Didik semakin beringas. Tubuh Suranti langsung dia baringkan di kasur. Dia sendiri segera melepas pakaiannya, lantas menindih tubuh Suranti dan kembali bibir Suranti dilumatnya.

Di luar, malam semakin tampak gelap. Angin malam pun terasa dingin menyapa Kota Pati. Apalagi diiringi turunnya hujan yang semakin lama makin lebat. Ditambah suara kilat menyambar-nyambar. Di dalam kamar yang disewanya, Didik seakan-akan tidak terpengaruh dengan derasnya hujan dan suara petir yang menggelegar. Mungkin karena saking asyiknya menikmati tubuh mulus milik Suranti dan mendengar desah wanita cantik itu berkali-kali, yang membuat Didik semangatnya tambah membara ingin memenangkan peperangan.

Entah berapa kali Didik melepaskan hasratnya pada tubuh Suranti. Namun, saat terdengar azan Subuh, badan Didik sudah terkulai lemas di samping wanita cantik mantan pacarnya itu.

Begitupun saat fajar menyingsing, Didik pun tidak tahu kalau Suranti sudah tidak ada di sampingnya, karena dia masih terlelap.

BAB 18. DIBUAT JERA (1)

Didik Purnomo mantan pacar Suranti sudah hampir dua bulan dapat memanfaatkan kelemahan wanita cantik itu. Hampir setiap satu minggu sekali, dia bisa meminta jatah uang pada Suranti. Bahkan bukan uang saja, tetapi Didik pun dapat meniduri mantan pacarnya itu dengan leluasa tanpa ada sedikit pun penolakkan dari Suranti.

Namun, Didik mungkin tidak menyangka bahwa Suranti ingin terlepas dari jeratan dan perbuatan licik yang telah dilakukannya. Wanita cantik itu meminta bantuan kepada seorang laki-laki yang sudah sangat dikenalnya, Aris Setiawan. Duda beranak satu itu sangat terkejut, saat Suranti menceritakan masalah yang sedang dihadapi, siang itu di ruang kerjanya.

"Ranti, tumben kemari? Hampir dua bulan enggak ketemu. Ke mana aja?" tanya Aris dengan raut wajah tampak gembira.

"Panjang ceritanya, Mas. Boleh aku duduk?"

"Boleh ... boleh. Atau kita ngobrol sambil makan siang?" Aris menawari wanita yang duduk di depannya.

"Terserah Mas Aris saja."

"Ayo! Tunggu apalagi." Aris lantas beranjak dari tempat duduknya, lalu Suranti mengikuti.

Di sebuah rumah makan yang cukup terkenal di kota garam, Suranti bercerita pada Aris mengenai apa yang sedang dia alami. Wanita cantik itu mengatakan apa adanya, dia tidak menutup-nutupi keadaan dirinya saat itu. Hampir dua jam Suranti bercerita, membuat Aris tersentak kaget sekaligus terharu terhadap wanita cantik yang sering dipanggil mami, di Kampung Sutra Baru.

"Bagaimana, Mas. Bisa menolong aku?" tanya Ranti.

"Bisa-bisa. Kamu enggak usah khawatir. Kurang ajar banget mantan pacarmu itu. Dia hanya ingin memanfaatkan kelemahanmu, untuk kesenangan dirinya." Aris terlihat geram sambil mengepalkan kedua tangannya.

"Tapi, caranya gimana, Mas?" Wajah Ranti tampak cemas.

"Udah. Biar aku yang ngatur. Sampai si Didik itu merasa kapok."

Lalu, Aris terlihat membisikkan sesuatu ke telinga Suranti. Alis wanita cantik itu tampak naik ke atas, tetapi setelah itu bibirnya tersenyum.

"Bisa kan, kamu pura-pura begitu?" Aris menoleh ke arah Suranti yang ada di sampingnya.

"Bisa, Mas."

***

Sinar matahari tertutup mendung di ufuk barat, gerimis kecil membasahi pelataran Kampung Sutra Baru. Pemilik warung-warung yang memanjang di pinggir jalan sudah mulai aktivitasnya, untuk melayani pelanggannya yang mungkin sebentar lagi berdatangan. Jalan besar yang ada di depan warung, juga terlihat ramai, berbagai kendaraan berlalu-lalang berpapasan.

Di warung paling pojok, tampak Mami Ranti juga telah membuka warungnya. Semua peralatan sudah terlihat bersih.

"Selamat sore, Ranti," sapa Aris sembari tersenyum.

"Ee ... Mas Aris. Kok, datang aku enggak tahu." Ranti agak tersentak. Saat Aris datang, dia membelakanginya.

"Sengaja. Mobil tak taruh di tempat parkir," ujar Aris terus meletakkan pantatnya di kursi

"Gerimis sejak tadi," ucap Ranti.

"Iya. Dari rumah tadi juga sudah gerimis, kok," sahut Aris.

Belum juga semenit Aris duduk. Tiba-tiba ada sebuah mobil berhenti tepat di depan warung Ranti. Lantas ada seorang laki-laki turun dari mobil yang ada tulisan reklame berjalan itu.

"Mas Didik." Ranti terperanjat, saat tahu siapa yang datang.

"Hai, Ranti. Hari ini waktunya kamu memberi jatah padaku." Tanpa permisi, laki-laki yang dipanggil dengan sebutan Didik itu masuk ke warung, lalu menarik tangan Ranti keluar.

"Mas, ini apa-apaan!" Ranti sedikit menjerit.

"Ayo! Ingin rahasiamu kubongkar pada ibumu, juga suamimu!" Ancam Aris.

"Lepaskan!" Suranti berusaha melepas tangannya dari tangan Aris. Namun, genggaman laki-laki itu sangat kuat.

"Hai, Bung! Tolong lepasin Ranti. Kalau enggak mau, jangan dipaksa." Aris berdiri menghadang.

"Anda, siapa? Saya enggak ada urusan dengan, Anda!" bentak Didik dengan nada emosi.

"Saya teman dekat Ranti. Jadi saya juga enggak suka teman saya ini Anda perlakukan dengan kasar kayak gini," ujar Aris.

"Alaaah. Dia ini perempuan sampah. Dia punya tanggungan dengan saya!" kata Didik dengan nada emosi.

"Berapa tanggungan dia, biar saya yang beresi." Aris juga tampak mulai tersulut emosinya.

"Dah, minggir! Enggak usah ikut campur!" Didik mendorong Aris hingga jatuh, lalu menarik tangan Suranti dengan paksa.

"Toloong!" Teriak Ranti dengan tiba-tiba. Didik terkejut bukan kepalang. Mungkin mendengar teriakan orang minta tolong, dalam hitungan detik, beberapa orang laki-laki dan perempuan mengepung Didik yang masih memegang tangan Suranti.

"Ada apa ini?" tanya seorang laki-laki yang berkaos hitam. Dua sekuriti Kampung Sutra Baru pun ikut mengepung.

"Laki-laki itu memaksa Ranti untuk ikut. Tapi Ranti enggak mau," kata Aris.

"Hai, Bung. Lepaskan Mami Ranti. Apa perlu aku teleponkan polisi," ancam Yayuk. Ciut juga nyali Didik. Apalagi banyak orang yang ada di sekitar situ, sedangkan dia sendirian.

Dilepaskannya tangan Ranti, lantas Didik bergegas naik ke mobilnya dan kabur.

"Huuu!" cemooh orang-orang menyoraki Didik yang pergi begitu saja. Setelah itu, mereka bubar.

"Oo, itu tadi orang yang kamu ceritakan padaku, kemarin?" tanya Aris.

"Iya, Mas. enggak nyangka dia tiba-tiba datang ke sini," jawab Suranti.

"Tapi, aku yakin. Dia pasti sudah jera dengan kejadian tadi. Kita enggak perlu repot-repot menjalankan rencana untuk menjebak dia," ujar Aris.

"Ibuku. Jangan-jangan dia langsung ke rumah ibuku," kata Ranti cemas.

"Ya, udah. Kamu tutup warungmu. Ayo kuantar ke Rembang." Suranti bergegas menutup warungnya dibantu Aris. Lantas keduanya melangkah dengan tergesa-gesa menuju ke tempat parkir mobil, setelah sebelumnya Suranti menitipkan pesan pada Yayuk.

BAB 19. DIBUAT JERA (2)

Begitu sampai di depan rumah ibunya, Suranti bergegas turun. Di belakangnya Aris mengikuti. Namun, mereka berdua sangat terperanjat, saat melihat Didik sudah berada di rumah ibunya. Bahkan Didik terlihat berbincang dengan sangat serius dengan Juarmi di ruang tamu. Mobil Didik entah di parkir di mana, karena tidak terlihat di depan rumah ibunya.

"Suranti!" Didik terlihat kaget. Dia tak mengetahui kedatangan Suranti yang begitu tiba-tiba.

"*Ngapain* kamu kemari! Ingin *ngaduin* tentang pekerjaanku yang sebenarnya. Silakan saja, bongkar semua. Biar kamu merasa puas!" Suara Suranti terdengar nyaring.

"Ini sebenarnya ada apa? Ibu kok, merasa ada yang aneh," ujar Juarmi bingung.

"Begini, Bu—" Aris yang ingin ikut bicara, langsung dipotong Didik.

"Hai, Bung. Anda enggak usah ikut-ikutan. Ini urusan aku dengan Suranti," bentak Didik tampak geram.

Lantas dengan tiba-tiba, Didik berdiri dan langsung melayangkan pukulan ke muka Aris.

Duuuk!

Tak ayal, Aris pun terjengkang dan jatuh ke lantai.

"Hai! Kamu ini apa-apaan, Mas Didik!" teriak Suranti sembari menghalangi gerak Didik yang ingin memukul kembali. Namun, tangan kanan Didik sudah terlanjur melayang ke depan dan tinjunya itu mengenai muka Suranti.

Duuuk!

"Aduh!" jerit Suranti yang memegangi dagunya, lantas terjatuh. Tubuhnya menimpa Aris yang di bawahnya.

Melihat hal itu, Juarmi ibu Suranti spontan berteriak, "Tolooong. Tolooong!"

Didik gugup, lalu berlari keluar rumah. Namun, di depan rumah Juarmi dia tidak melihat ada dua orang berpapasan dengannya. Didik menabrak orang itu sampai terjatuh, dia sendiri ikut jatuh. Mungkin mendengar teriakan minta tolong tadi, orang-orang di sekitar rumah Juarmi semua keluar.

"Tolong tangkap orang itu, Pak. Dia telah menganiaya anakku," ujar Juarmi menunjuk ke arah Didik. Tanpa menunggu komando, beberapa orang laki-laki segera menangkap Didik. Mantan pacar Suranti itu tak berkutik saat pukulan dan tendangan mengarah ke wajah dan tubuhnya. Namun, salah satu dari mereka menghentikannya.

"Stop-stop? Jangan main hakim sendiri. Sebaiknya kita serahkan ke polisi," kata laki-laki yang memakai kaos putih, sembari kedua tangannya melindungi tubuh Didik.

Sebagian orang masuk ke rumah Juarmi untuk menolong Suranti dan Aris yang terkapar akibat terkena pukulan dari Didik. Mereka lantas membawanya ke rumah sakit.

***

Bulan tampak indah menerangi Kota Rembang, di samping lampu-lampu penerang jalan yang menghiasi. Angin dingin bertiup cukup kencang, menyapa tirai jendela di sebuah ruang inap di sebuah rumah sakit. Dalam satu ruangan, Suranti dan Aris dirawat, luka lebam di seputar wajah mereka sudah sedikit membaik. Rasa nyeri dan ngilu di sekitar bibir, juga mulai mereda. Juarmi yang ikut mendampingi terlihat semringah, melihat keadaan keduanya sudah membaik. Hal yang lebih menggembirakan, hasil visum dari pihak rumah sakit juga sudah keluar, sehingga bisa dijadikan dasar untuk menuntut Didik dengan dugaan kasus penganiayaan.

Sementara, di kantor polisi, Didik sudah berada dalam sel tahanan. Berdasarkan keterangan dari beberapa alat bukti dan saksi, dia didakwa melakukan penganiayaan terhadap dua korban yang bernama Aris dan Suranti. Pihak kepolisian masih menunggu hasil visum dari rumah sakit. Mungkin setelah bukti-bukti lengkap, akan segera dilimpahkan ke pengadilan untuk dilakukan persidangan.

Di dalam sel, wajah Didik tampak menyesal. Mungkin dia tak menyangka, rasa emosi dan nafsu serakah, membawanya masuk penjara. Inilah nanti yang membuat Didik jera, melakukan kembali ancaman serta pemerasan secara tidak langsung kepada Suranti. Tadi sore, Didik pun sempat dipukuli warga sekitar rumah Juarmi. Namun, itu dilakukan warga dengan spontan, sehingga dia tidak bisa menuntut balik. Luka yang dideritanya juga tak seberapa, kalau dia menuntut, yang akan dituntut siapa? Karena yang melakukan ada beberapa orang. Dia duduk bersandar di dinding sel dengan wajah muram, menyesali apa yang telah dia lakukan. Didik juga tidak tahu, berapa lama hukuman yang akan dia terima. Tampaknya dia pasrah, kehilangan pekerjaan dan menghabiskan waktunya di penjara entah berapa bulan.

BAB 20. PINDAH KONTRAKAN

Sejak kejadian yang menimpa Suranti dan Aris, terlihat di antara keduanya bertambah akrab. Suranti juga merasa lega, dengan ditangkapnya Didik, yang selalu menganggu kehidupan dia dan sering minta jatah untuk melayani hasratnya, juga uang.

Saat matahari baru saja menampakkan sinarnya, Aris sudah berada di depan warung Suranti. Padahal wanita yang dicarinya sedang pergi entah ke mana. Itu kata salah satu penghuni yang bertemu Aris di dekat pintu masuk Kampung Sutra Baru.

"Ke mana Suranti. Sejak aku berangkat dari rumah, nomor ponselnya juga tidak aktif," gumam Aris yang berdiri di dekat mobilnya. Laki-laki berstatus duda anak satu itu, tengok kanan-kiri, tak ada siapa-siapa. Hanya deretan warung-warung yang masih tutup yang dilihatnya.

Aris lantas kembali masuk mobil, lalu menjalankannya. Wajahnya tampak sedikit kecewa, tak bertemu dengan Suranti. Mobil warna putih itu pun semakin cepat melaju ke arah Tuban.

***

Di lain tempat, Suranti dan ibunya sedang sibuk memasukkan beberapa barang ke dalam tas besar. Ibu dan anak itu juga menyingkirkan barang-barang yang sekiranya sudak tidak diperlukan lagi.

"Emangnya kita mau pindah ke mana, Ranti?" tanya Juarmi ibu Suranti.

"Sudah, Bu. Ini semua juga demi keselamatan kita dari ancaman Mas Didik," jawab anak perempuan Juarmi itu.

"Iya, Ibu tau. Tapi dia kan udah di penjara."

"Betul. Kita belum tahu berapa lama akan di kurung. Aku yakin, setelah dia keluar dari penjara, pasti akan mencari kita."

"Ibu juga belum paham apa yang diceritakan Didik mengenai dirimu."

"Udah, tak perlu bahas itu lagi. Ayo kita berangkat sekarang." Ajak Suranti pada ibunya. Lantas keduanya keluar dari rumah kontrakan yang telah dihuni Juarmi sekitar satu tahun itu.

Setelah menyerahkan kunci dan berpamitan dengan pemilik rumah, Suranti dan ibunya bergegas naik ke mobil rental yang sudah menunggu.

"Berangkat sekarang, Pak!" kata Suranti pada sang sopir.

"Iya, Bu." Mobil itu pun lantas segera melaju ke arah jalan raya Pantura dan terlihat berjalan menuju ke arah Kota Pati.

Dua jam perjalanan, mobil yang ditumpangi Suranti dan ibunya tiba di Kota Kudus. Kota yang terkenal dengan sebutan kota kretek, siang itu sangat ramai. Mobil warna hitam terus berjalan menelusuri jalan-jalan yang ada di Kota Kudus. Tak berapa lama, tibalah di sebuah kompleks perumahan yang agak jauh dari pusat kota. Namun, suasana kompleks perumahan itu cukup asri. Mobil berhenti di depan sebuah rumah di blok dekat jalan masuk. Suranti dan ibunya turun dengan membawa beberapa tas yang dibantu sang sopir. Setelah menerima ongkos sewa mobil, sang sopir itu pun berlalu dari hadapan Suranti.

"Benar kita akan tinggal di sini, Ranti?" tanya ibunya, begitu tiba di teras rumah kontrakan yang baru.

"Untuk sementara saja, Bu. Barang satu atau dua bulan. Aku tak mengurusi pekerjaan dulu, sudah hampir seminggu tak bisa mengontrol gara-gara ulah Mas Didik. Ibu enggak perlu khawatir. Di perumahan ini aman, dekat pasar dan mini market," jawab Suranti panjang lebar.

"Iya, Ibu ngerti. Tapi kenapa ibumu ini enggak pernah lagi kamu ajak ke Kampung Sutra?" Juarmi bertanya lagi.

"Sudahlah, Bu. Suranti minta, Ibu tenang saja di sini. entar kalau semua sudah didapat, kita pasti bisa serumah lagi." Suranti lalu membuka pintu rumah. "Ayo, Bu. Masuk!" Ajak anak perempuannya itu.

"Trus, hubunganmu dengan Aris, gimana?" Saat mereka berdua duduk di ruang tamu.

"Itulah, Bu. Aku bingung, sebenarnya Mas Aris itu ingin serius. Tapi kondisiku masih terkendala ikatan sah dengan Kang Trimo," papar Suranti.

"Ibu mikirnya juga begitu." Matanya menatap anak perempuannya yang sedang membuka layar ponselnya.

"Aduh, ada beberapa panggilan dari Mas Aris tadi pagi tak kujawab," gerutu Suranti.

"Ya, udah. Segera temui, Nak Aris. Kasihan, dia sudah banyak membantu dan berkorban untuk kita," ujar Juarmi.

"Ibu enggak apa-apa aku tinggal sendirian sekarang?" tanya Ranti.

"Gak apa-apa. Entar ibu tak cari sendiri kebutuhan ibu untuk hari ini," jawab wanita setengah baya itu.

"Terima kasih, Bu. Ranti pamit dulu, ya. Kuusahakan satu minggu sekali datang ke sini." Ibu kandungnya itu mengangguk, lantas mereka berdua berpelukan.

Kemudian Suranti berpamitan dengan ibunya dan bergegas keluar rumah. Kebetulan saat dia sampai di luar kompleks, ada angkot melintas. Lalu dia gerakkan tangan kirinya, angkot berhenti. Suranti pun naik, mungkin dia ingin segera menemui Aris di suatu tempat

BAB 21. TERJALIN IKATAN

Suranti menunggu kedatangan Aris di taman pinggir Pantai Kartini Kota Rembang. Debur ombak Laut Jawa memang tak seganas Laut Selatan. Namun, ganasnya kehidupan yang menimpa Suranti mungkin belum berakhir. Nyatanya wanita cantik itu terlihat menangis di kursi sebuah taman yang terlihat gersang. Diambilnya sapu tangan dari tas kecil yang dibawa. Suranti tidak ingin saat Aris datang matanya kelihatan sembab habis menangis.

Kembali mata wanita cantik itu menatap hamparan laut yang ada di depannya. Ombak terlihat berkejar-kejaran, beberapa perahu nelayan tampak terombang-ambing di kejauhan. Matahari semakin meninggi, cuaca panas membuat keringat sedikit membasahi tubuh Suranti. Beruntung siang itu, angin berhembus cukup kencang, hingga kesejukan terasa datang menyambangi Pantai Kartini Rembang.

"Selamat siang, Ranti." Terdengar suara menyapa. Ranti menoleh.

"Mas Aris," ucap Suranti, lalu bergeser duduknya. Aris lantas meletakkan pantatnya di samping wanita cantik itu.

"Gimana, Ranti. Ada yang bisa aku bantu?" Aris mengawali pembicaraan.

"Maaf ya, Mas. Tadi pagi aku enggak sempat angkat telepon. Aku pindahin kontrakan ibu ke Kudus," ujar Ranti.

"Jadi ibumu udah pindah?"

"Iya."

"Bagus. Itu juga demi keamanannya. Lagian besok juga baru dimulai sidangnya Didik. Kita bisa lebih fokus jadi saksi," sahut Aris.

"Tapi, Mas Aris tetap mau mendampingi aku di kasus ini, kan?" Wajah Suranti terlihat cemas. Lantas Aris menggenggam tangan wanita cantik di sampingnya itu dengan lembut.

"Kamu masih belum percaya sama kesungguhanku, Ranti. Apa pun nanti, aku akan tetap ada untukmu." Aris berusaha membuat Suranti lebih percaya.

"Aku sebenarnya sudah yakin, Mas. Tapi masih ada rasa takut." Suranti tanpa sadar menyandarkan kepalanya di bahu Aris. Tangan Aris pun spontan membelai rambut wanita cantik itu dengan lembut.

"Gini aja. Untuk menunjukkan keseriusanku. Sekarang kamu ikut ke rumahku." Ajak Aris.

"Ngapain, Mas?" Waja Ranti menoleh ke arah Aris.

"Anakku ingin berkenalan denganmu," ucap laki-laki duda anak satu itu. Suranti pun menganggguk.

Kemudian keduanya beranjak dari kursi yang didudukinya, lantas bergandengan menuju ke tempat parkir mobil. Ombak Pantai Kartini tampak melambai-lambai mengiringi kepergian mereka.

***

Bedug Asar baru saja terdengar, saat mobil warna putih tiba di sebuah rumah cukup besar di Kota Juwana. Kota kecamatan yang dilintasi jalan pantura Semarang-Surabaya, terlihat cukup ramai. Apalagi kota kecil yang masuk wilayah Kabupaten Pati itu, terkenal sebagai penghasil terasi yang sangat enak.

Suranti turun dari mobil, diikuti Aris yang bergegas membukakan pintu rumah.

"Mari masuk, enggak usah sungkan. Anggap saja rumah sendiri," kata Aris. Suranti tersenyum.

"Duduk dulu, ya. Aku panggilkan anakku. Mungkin sedang bermain di belakang rumah sama Bi Imah." Lanjut Aris seraya meninggalkan Suranti di ruang tamu.

Sepeninggalan Aris, mata wanita cantik itu menyapu seluruh ruangan yang ada di rumah itu. Suranti heran, orang sekaya Aris, bisa tertarik pada dirinya yang notabene bukan wanita baik-baik. Hidupnya telah dilumuri noda, walaupun memang Suranti ingin mengakhiri kehidupan suramnya. Namun, tampaknya Aris mempunyai niat yang tulus padanya. Padahal dia sudah bercerita apa adanya, bahwa dia masih bestatus istri sah orang lain, Aris tetap pada pendiriannya, ingin membantu semua permasahan yang sedang dihadapinya.

"Ranti, ini kenalkan anakku, Alisa namanya," kata Aris yang muncul bersama seorang gadis remaja usia sekitar 15 tahun.

"Halo, Alisa. Kenalkan saya Suranti, teman bapak kamu," ujar wanita cantik itu sembari menyalami tangan anak perempuan Aris.

"Iya, Tante. Nama namaku Alisa. Senang berkenalan dengan Tante Ranti," ucap Lisa tersenyum.

"O, iya. Lisa. Tolong kamu ke belakang, bilang sama Bi Imah, buat minuman dan sekalian makanan kecilnya, ya," kata Aris.

"Iya, Yah." Lantas Alisa melangkah mencari Bi Imah di belakang.

"Anakmu, cantik, Mas. Dulu pasti ibunya juga cantik," puji Suranti.

"Iya, almarhumah istri memang cantik. Sama seperti kamu, Ranti," Aris balik memuji.

"Beda, Mas. Aku ini—" Belum selesai Ranti bicara, Aris sudah memotongnya.

"Hussh, tak perlu kamu katakan lagi. Aku sudah menerima kamu apa adanya. Sebaiknya kita bicara yang lain saja," pinta Aris sembari menyentuh tangan Ranti. Wanita cantik itu mengangguk.

***

Entah merasa sudah diterima di keluarga Aris, malam itu Suranti menginap di rumah duda yang usianya sepantaran dengan Juarmi, ibunya. Apalagi, Alisa dengan Suranti terlihat mulai akrab. Tampaknya Alisa sendiri merasa senang, malam itu ditemani tidur teman ayahnya itu. Mungkin bagi anak seusia Alisa yang duduk di bangku SMP, masih memerlukan kasih sayang seorang ibu. Bi

Imah pun, pembantu Aris juga bisa menilai secara tidak langsung kalau Suranti tampaknya cocok menjadi ibu sambung Alisa.

"Tuan ... apa Bu Ranti itu pacar Tuan? Maaf kalau saya lancang?" tanya Bi Imah saat mengantar segelas kopi di ruang tengah.

"Emangnya kenapa, Bi?" Aris balik bertanya.

"Kelihatannya, Non Alisa juga senang adanya Bu Ranti di sini," jelas Bi Imah.

"Iya, semoga saja, Bi. Itu yang memang aku harapkan," ujar Aris. Bi Imah menganggguk, lalu dia kembali ke dapur.

Malam semakin larut, lampu-lampu jalanan tampak redup tertimpa air hujan yang lumayan deras. Namun, jalan negara lintas Semarang-Surabaya di depan rumah Aris masih terlihat ramai.

Aris sendiri masih belum tidur. Dia duduk di teras rumahnya di lantai dua. Pandangannya menyapu ke suara rintik hujan yang menimpa halaman depan rumahnya.

"Belum tidur, Mas?" Tiba-tiba di belakangnya ada suara menyapa, dia menoleh.

"Eee ... Ranti. Kamu kok, bangun. Ini masih tengah malam," ujar Aris menatap wajah Suranti.

"Entahlah, Mas. Aku sendiri juga enggak bisa tidur," jawab Suranti membalas tatapan Aris dengan sendu.

Entah siapa yang memulai, atau mungkin suasana malam itu yang sedang turun hujan deras. Tahu-tahu keduanya saling berpelukan erat sekali dan kedua bibir mereka saling memagut mesra, diselingi suara kilat yang cukup keras. Hingga akhirnya keduanya lantas melangkah masuk ke kamar yang ada di lantai dua. Suranti dan Aris tampaknya tak ingin menyia-nyiakan waktu yang ada. Bergegas naik ke atas tempat tidur dan bergumul menikmati apa yang akan mereka rasakan bersama.

Lampu kamar lantas dibuat redup, saat keduanya melakukan aktivitas yang keduanya memang saling membutuhkan, serta didasari suka sama suka. Hujan di luar semakin deras, sederas peluh yang membasahi tubuh Aris dan Suranti yang sedang mereguk kenikmatan duniawi.

BAB 22. MASALAH BELUM USAI

Jam dua belas siang, Suranti dan Aris keluar dari Kantor Pengadilan Rembang. Dari hasil persidangan, Didik dinyatakan bersalah karena melakukan perbuatan penganiayaan terhadap korbannya, Suranti dan Aris. Semua itu dibuktikan dari keterangan dua korban, ibu Suranti dan beberapa orang yang mengetahui kejadiannya. Didik dipastikan melakukan perbuatan penganiayaan ringan, yang membuat korbannya terluka dan divonis lima bulan kurungan penjara dipotong masa tahanan.

Setelah sampai di tempat parkir, Juarmi berkeinginan Suranti tidak perlu mengantarnya pulang ke Kudus. Ibunya itu ingin pulang sendiri naik bus umum.

"Ibu *beneran* tak ingin diantar?" tanya Suranti.

"Iya, enggak apa-apa. Silakan kamu dan Nak Aris melanjutkan acara kalian," kata wanita setengah baya itu.

"Sebenarnya, kita antar juga enggak apa-apa, Bu," ujar Aris.

"Sudah, saya biar naik bus saja. Lagi pula ini hari cuacanya cerah." Juarmi melangkah menuju ke pinggir jalan menunggu bus jurusan Kudus. Di belakangnya mengikuti, Suranti dan Aris.

Sebuah bus berhenti, Juarmi ibu Suranti bergegas naik. Sementara, Suranti dan Aris kembali ke mobil. Mobil yang dikemudikan Aris itu lantas melaju di jalan raya arah ke Surabaya. Mereka berdua akan menuju Kampung Sutra Baru di daerah Tuban.

Dalam perjalanan, tak henti-hentinya antara Suranti dan Aris saling melempar pandang. Bahkan setiap ada kesempatan, tangan kiri Aris mengenggam tangan Suranti.

Mungkin mereka berdua masih terkesan dengan apa yang dilakukan berdua tadi malam di rumah Aris.

"Mas, jangan gitu. Ini di jalan. Hati-hati," ujar Ranti mengingatkan.

"Aku masih teringat yang tadi malam," ucap Aris pelan.

"Iiiih, Mas Aris. Apaan." Nada suara Ranti terdengar manja.

Satu jam perjalanan, sampailah mobil yang dikemudikan Aris di Kampung Sutra Baru. Namun, sebelum mobil berhenti, wajah Suranti tampak kaget. Dilihatnya seluruh penghuni kampung yang dikelolanya sedang berkerumun di pinggir jalan. Bahkan ada beberapa anggota polisi yang menjaganya. Aris pun segera meminggirkan mobilnya.

Begitu mobil berhenti, Suranti bergegas turun dan menghampiri anak buahnya. Dia langsung bertanya pada salah seorang yang berdiri di dekatnya.

"Ada apa ini, rame-rame. Kok, semua warung tutup?" tanya Ranti dengan wajah heran.

"Mami Ranti, ini kampung kita mau digusur. Rencana akan dibuat pangkalan truk oleh pemerintah," jawab laki-laki yang biasanya bertugas di bagian keamanan kampung.

"Kok, bisa?" Ranti bertanya kembali.

"Entahlah, Mami. Kata petugas yang datang tadi, tanah yang kita tempati ini tak bersertifikat. Ini tanah milik desa. Artinya milik pemerintah," ujar Yayuk, anak buah kepercayaan Mami Ranti. Aris yang berdiri di samping Suranti tak ada reaksi.

"Mana petugasnya? Aku ingin bertemu," ucap Mami Ranti.

"Udah pergi, katanya dua hari lagi, datang kemari," ujar salah satu petugas sekuriti.

"Terus, kalau kampung kita digusur, nasib kita gimana, Mami?" Seorang wanita setengah baya bertanya dengan raut wajah cemas.

"Iya, Mami. Nasib kita semua, gimana?" Para anak buah Suranti mengerumuni bos mereka.

"Udah, tenang. Kalian tenang. Yang penting sekarang, kalian kembali ke warung masing-masing. Kita tetap jualan malam ini. Besok pagi kita bahas bersama!" Perintah Mami Ranti. Kemudian satu persatu mereka menuju ke warungnya masing-masing. Anggota polisi yang tadi ikut mengamankan pun sudah pergi.

Suranti pun juga lantas membuka warungnya. Namun, malam itu tampaknya dia tidak ingin berjualan. Wanita cantik itu malah duduk sembari memegangi kepalanya.

"Kamu kenapa, Ranti? Sakit?" tanya Aris, saat melihat wanita cantik itu duduk lalu memegangi keningnya.

"Hanya pusing aja, Mas," jawab Ranti.

"Udah. Malam ini kamu enggak usah jualan. Kita ke dokter?" Ranti menggeleng mendengar tawaran Aris.

"Aku memikirkan nasib mereka, seandainya betul tempat ini akan digusur."

"Coba, besok aku tanyakan. Bagaimana sebenarnya status tanah kampung ini."

"Terima kasih. Sebaiknya Mas Aris pulang. Kasihan Lisa menunggu." Suranti memberi saran pada Aris.

"Gak apa-apa. Kan ada Bi Imah. Aku akan menemani kamu malam ini," ujar Aris sembari menatap wajah wanita yang dicintainya itu.

Sementara, di warung sebelah masih terdengar suara-suara anak buahnya tentang rencana penggusuran itu. Bahkan para pelanggan yang datang kelihatan ikut cemas, terlihat dari wajah-wajah mereka. Mungkin para pelanggan itu juga sedang ikut berpikir, kalau sampai digusur, semua penghuni Kampung Sutra akan pindah ke mana?

Bulan tak tampak, hanya kedip bintang-bintang berjajar indah menghiasi hamparan malam yang semakin dingin. Sedingin wajah-wajah orang yang sedang beraktivitas malam itu, di Kampung Sutra baru.

BAB 23. TERPISAH LAGI

Saat matahari berada di atas kepala, suasana Kampung Sutra Baru juga panas membara. Perdebatan terjadi, antara petugas yang mengurusi pertanahan milik negara, dengan para penghuni kampung itu. Para penghuni Kampung Sutra Baru dengan tegas menolak untuk digusur. Suranti selaku pimpinan pengelola, dengan gigih mempertahankan pendapatnya. Dia dan kawan-kawannya mau saja digusur, asalkan pihak pemerintah daerah mencarikan lokasi yang baru untuk mereka. Namun, tampaknya pihak perwakilan dari pemerintah daerah tidak bisa menjawab. Bahkan para petugas itu bersikukuh tetap melakukan penggusuran, dengan dasar lahan itu milik negara.

"Jangan begitu dong, Pak. Ini namanya pemaksaan kehendak. Seharusnya kita diajak musyawarah terlebih dahulu." Suranti berusaha negoisasi terhadap para petugas.

"Kita dalam melakukan penggusuran ini, tak perlu adanya yang namanya musyawarah. Dua hari kemarin sudah diberitahu untuk mengosongkan lahan. Nyatanya, sampai hari ini tidak direspon," kata salah satu petugas berseragam krem itu.

"Iya, Pak. Paling tidak kita semua dicarikan lokasi dulu. Kalau caranya begini, kita terus mau kerja apa? Bagaimana kita bisa makan!" Teriak Yayuk dengan nada emosi.

Namun, tampaknya sudah tidak bisa dicegah. Apalagi pihak desa dan kecamatan memang juga tidak bisa membantu. Suranti sendiri selaku kepala pengelola Kampung Sutra Baru, juga tidak bisa menunjukkan izin usaha dan juga surat-surat mengenai status tanah kampung itu. Maka dari petugas pemerintah kabupaten, memberi kelonggaran sampai besok siang untuk memindahkan dan mengosongkan barang-barang yang ada di semua warung.

Lantas, terlihat Suranti sibuk dengan ponselnya. Mungkin dia sedang menghubungi seseorang, tetapi tampaknya yang dihubungi tak ada respon. Dihubungi lagi dan lagi, juga belum ada jawaban.

"Mas Aris ke mana, ya? Kok, susah dihubungi," gerutu Suranti sembari menatap jalan yang terlihat ramai dilalui berbagai jenis kendaraan.

"Terus, langkah kita gimana ini, Mami?" tanya salah seorang bawahannya.

"Coba tolong kumpulkan teman-teman. Kita rembukan di rumah belakang."

"Siap, Mami."

Tak berapa lama kemudian, seluruh penghuni Kampung Sutra Baru, berkumpul di rumah utama di belakang deretan warung. Wajah-wajah mereka terlihat cemas, mungkin sedang memikirkan nasibnya, yang sebentar lagi akan kehilangan pekerjaan.

"Saudara-saudaraku semua. Kita dalam hal ini sudah kalah segalanya. Kita kalau melawan juga akan sia-sia, tenaga dan pikiran serta dana," kata Suranti mengawali musyawarah itu.

"Trus, bagaimana selanjutnya, Mami?" tanya Yayuk yang duduk di sampingnya.

"Saya selaku yang bertanggungjawab dengan penghuni Kampung Sutra Baru, akan segera mencari lokasi yang baru. Tugas kalian semua, mulai saat ini mengemasi barang-barang yang akan dibawa. Saya sendiri, siang ini akan berangkat mencari lokasi untuk kita kerja nanti. Untuk kebutuhan sampai besok siang, biar Mbak Yayuk yang ngatur semua. Mengerti?" Suara Suranti cukup lantang.

"Mengerti!" serentak mereka menjawab.

"Kalau begitu, silakan bubar dan segera kemasi barang-barang kalian." Satu per satu mereka keluar dari rumah utama itu.

"Mami, mau cari tempat untuk kita di mana?"

"Udah. Pokoknya tenang aja. Semoga segera dapat. Aku punya teman di daerah Sragen, hanya di situ yang bisa me-nampung kita yang berjumlah 30 orang," ujar Suranti.

"Mami, mau berangkat sekarang?" Yayuk menatap wajah bosnya itu.

"Iya. Uang kas kita masih cukup kan, untuk kebutuhan makan teman-teman sampai besok?" tanya Suranti.

"Lebih dari cukup, Mami," jawab Yayuk.

"Baiklah. Aku berangkat sekarang, keburu sore nanti." Suranti lantas beranjak dari tempat duduknya, diikuti Yayuk.

Setibanya di pinggir jalan besar, Suranti menyetop bus jurusan Semarang. Bus berhenti, wanita cantik itu pun naik.

"Hati-hati, Mami." Yayuk melambaikan tangannya.

***

Keesokkan harinya, di tempat parkir Kampung Sutra Baru, ada satu bus besar dan dua buah truk. Tiga armada besar itulah yang akan membawa seluruh penghuni Kampung Sutra Baru boyongan ke lokasi yang akan dituju. Menurut salah satu anak buah Suranti, bosnya itu sudah mendapatkan lokasi yang mau menampung mereka, di daerah Sragen.

Setelah ada sedikit acara seremonial dengan pihak aparat desa, Suranti dan rombongan bergegas naik ke bus. Tak berapa lama kemudian, bus berangkat diikuti dua truk yang mengangkut barang-barang mereka. Diringi lambaian tangan para aparat desa. Bus dan truk itu lantas berjalan menuju ke arah Semarang.

Sekitar jam sebelas siang, di Kampung Sutra Baru sudah tiba satu alat berat yang akan merobohkan semua bangunan yang berdiri di situ. Suara bising dan debu bertebaran ke mana-mana, saat alat berat itu bekerja. Hanya dalam waktu satu jam, semua bangunan semi permanen itu rata dengan tanah. Para petugas kebersihan lantas bergerak, juga terlihat beberapa pemulung sedang memilah-milah untuk menemukan barang yang masih laku dijual.

Para pengendara motor, ataupun mobil banyak yang berhenti, melihat pelaksanaan perobohan Kampung Sutra Baru itu. Mungkin di antara mereka merupakan pelanggan dan sering mampir ke kampung yang tinggal puing-puing. Sebagian ada yang menanyakan, mengapa Kampung Sutra Baru digusur. Namun, setelah mereka mengetahui duduk permasalahannya, kepala mereka manggut-manggut.

Di antara orang-orang yang berhenti melihat perobohan Kampung Sutra Baru itu, tampak Aris. Laki-laki yang mempunyai hubungan dengan Suranti, ketua pengelola kampung itu. Namun, raut wajah Aris terlihat sedih. Dia tak lagi bisa menemui wanita yang disayanginya itu. Kemarin, memang Suranti berkali-kali menghubunginya, tetapi dia tak bisa menjawab, karena sedang rapat dengan pemegang saham. Saat Aris menghubungi balik, bergantian, Suranti ponselnya yang tidak aktif.

Aris sudah bertanya kepada orang-orang di sekitar situ, ke mana pindahnya penghuni Kampung Sutra Baru. Namun, rata-rata hanya menjawab ke daerah Sragen, tepatnya di mana tidak tahu.

Wajah laki-laki pengusaha di bidang perikanan dan transportasi itu bertambah muram. Dia lantas kembali ke mobilnya, yang diparkir tak jauh dari lokasi bekas Kampung Sutra Baru. Aris masuk ke mobilnya

"Aku harus menemukan Suranti. Besok pagi akan kucari ke Sragen," gumam Aris di dalam mobil. Lantas, pelan-pelan mobil warna hitam itu bergerak pelan, putar arah. Sesaat kemudian mobil itu bergerak dan melesat ke arah Rembang.

Matahari siang itu sangat terik, menyinari orang-orang yang sedang berisik membersihkan Kampung Sutra Baru yang berdebu.

BAB 24. KEMBALI KE PEKERJAAN LAMA

Di tempat baru, Suranti kembali menggeluti profesi lama. Begitu pun dengan anak buahnya. Hanya saja, sekarang ada kewajiban setor sebagian penghasilan, kepada pengelola lokalisasi yang menyatu dengan objek wisata itu. Letaknya yang di atas perbukitan, di kelilingi waduk yang airnya melimpah, menambah keindahan suasana di sekitarnya. Pindahan dari Kampung Sutra Baru, mendapatkan tempat yang lumayan strategis. Berada di bawah tangga masuk ke arah makam yang dikeramatkan banyak orang. Apalagi saat malam Jumat Pon, kompleks itu sangat ramai dikunjungi orang untuk sekadar berziarah atau iseng mencari kesenangan sesaat. Khususnya bagi kaum laki-laki.

"Mami, ada yang mencari," ujar Yayuk di depan pintu kamar.

"Siapa?" Suranti menoleh.

"Enggak tau. Tuh, sudah nunggu di depan." Suranti bergegas keluar kamar.

"Selamat siang." Sapa seorang laki-laki memakai seragam dinas.

"Siang. Bapak mencari saya?" tanya Suranti.

"Betul, dengan Mbak Suranti, ya?" Laki-laki itu menatap wajah Suranti dengan melempar senyum. Sepertinya laki-laki itu tertarik dengan kecantikan Suranti.

"Betul. Bapak dari mana, ya?" Suranti membalas tatapan laki-laki itu.

Lantas, laki-laki itu menerangkan kalau dirinya dari pihak kelurahan setempat. Dia ingin melakukan pendataan warga baru di kompleks itu. Sekaligus ingin menarik iuran pangkal sebagai penjamin keamanan semua penghuni.

"Waduh, kalau untuk iuran kami belum punya, Pak. Kan, kami baru saja datang satu hari kemarin," jelas Suranti.

"Iya, saya tau. Tapi gimana nanti saya harus laporan. Ini sebagai bentuk penerimaan pihak kami selaku penjamin rasa aman di sini," ujar laki-laki berseragam itu.

"Terus, gimana ya, Pak? Saya sendiri juga enggak bisa memberi saat ini. Apalagi jumlah kami sekitar 30 orang. Uang dari mana?" keluh Suranti.

Laki-laki itu terdiam, tampaknya dia sedang memikirkan sesuatu. Namun, pandangan matanya tak pernah lepas ke arah wajah Suranti yang memang cantik.

"Gimana, Pak? Apa Bapak enggak bisa memberi barang satu atau dua minggu, gitu?" tanya Suranti.

"Waduh, enggak bisa, Mbak. Saya nanti kalau ditanya hasil laporannya gimana?" jawab laki-laki itu.

"Tolonglah, Pak. Sekali ini saja, kasihani kami yang belum dapat penghasilan," ujar Suranti sembari mendekat pada laki-laki yang mengaku petugas itu. Wajah laki-laki berumur sekitar 40 tahun itu sedikit grogi saat didekati Suranti.

"Gimana, Pak? Bisa, kan?" bisik wanita cantik itu di telinga laki-laki berseragam itu. Hembusan napas harum Suranti, seakan membius ketegaran laki-laki itu, terlihat badannya sedikit menggigil, bukan kedinginan, tetapi ada satu keinginan yang dia pendam.

Suranti sudah sangat paham akan respon laki-laki walaupun tak bersuara. Lalu, dengan lembut, tangan laki-laki itu ditarik pelan menuju ke kamarnya. Laki-laki itu menurut saja, seperti anak kecil yang digandeng ibunya.

"Bapak tahu kan maksudnya? Saya ajak masuk ke kamar?" tanya Suranti sembari mengunci pintu. Laki-laki itu hanya mengangguk pelan, tanpa ada sedikit pun suara keluar dari mulutnya. Suranti lantas memeluk laki-laki itu dengan erat, dia masih tampak diam. Wanita cantik itu bergegas melakukan aktivitas yang membuat tamunya itu memberi respon.

Mungkin karena saking pandainya Suranti membuai laki-laki dengan berbagai cara, tiba-tiba laki-laki itu berubah seratus delapan puluh derajat. Dia mulai tampak aktif, dia rebahkan tubuh Suranti, lantas bergegas menindihnya. Wanita cantik itu hanya pasrah diperlakukan seperti, bahkan dia membalas setiap gerakan yang dilakukan laki-laki yang ada di atas tubuhnya itu. Tak berselang lama, pakaian keduanya sudah berserakan di lantai. Gerakkan kedua insan berlainan jenis itu semakin buas dan panas. Sepanas matahari yang sedang terik siang itu. Wajar kedua tubuh mereka bermandikan keringat, walau di kamar itu tersedia kipas angin, tetapi tidak banyak membantu mengeringkannya.

Belum ada seperempat jam, tubuh laki-laki yang menindih Suranti, terkulai lemas di samping wanita cantik itu. Entah karena apa, dia bergegas memakai pakaiannya kembali.

"Kamu enggak usah pikirkan tentang uang iuran itu. Tapi setiap seminggu sekali, aku akan datang ke sini, untuk menemuimu," ujar laki-laki berseragam itu, lantas bergegas keluar dari kamar Suranti. Suranti mengangguk sembari tersenyum.

Sejak Suranti sering melayani laki-laki petugas itu setiap minggunya, dia dan anak buahnya tidak pernah sekalipun ditarik uang iuran. Bahkan mungkin dari cara getok tular yang dilakukan laki-laki petugas itu, tamu yang mem-*booking* Suranti dan anak buahnya semakin banyak. Hingga akhirnya, semua mendapatkan pelanggan dan bisa mendapatkan pendapatan rutin.

Namun, kadang Suranti termenung sendiri, di saat tak ada yang mem-*booking*-nya. Dia mungkin sangat heran dengan dirinya sendiri. Sebenarnya dia sudah ingin mundur dari dunia semu yang dia geluti. Suranti ingin hidup normal seperti wanita-wanita yang lain, mempunyai suami dan anak. Padahal, Suranti statusnya masih menjadi istri sah seseorang, tetapi entah bagaimana hubungan selanjutnya, sebab dia telah meninggalkan sang suami yang bernama Kang Trimo. Hampir tiga tahun Suranti meninggalkan suaminya karena sudah tidak merasa nyaman hidup berdampingan dengan Kang Trimo, yang sering berbuat kasar serta egois.

"Kang Trimo," gumam wanita cantik itu. Tiba-tiba dia teringat nama suaminya yang telah lama ditinggalkan. Suranti lantas beranjak dari tempat tidurnya, berjalan ke jendela. Dipandangnya hamparan luas air waduk yang dapat terlihat dari jendela kamar, berombak pelan. Ibarat jiwa wanita cantik yang kehidupannya bergelimpangan dosa di dunia penuh noda, tanpa mengetahui kapan berakhir.

BAB 25. KELUAR DARI KUBANGAN

Sudah hampir sebulan, Suranti dan anak buahnya menghuni kompleks Bukit Cinta yang ada di sekitar objek wisata Barong Indah. Mereka rata-rata sudah mempunyai penghasilan yang lumayan. Apalagi Suranti selaku Mami mereka, masih sedikit mensubsidi kebutuhan hidup para anak buahnya. Ditopang kelihaian wanita cantik itu merayu petugas retribusi. Hingga mereka tak harus membayar iuran kepada petugas yang datang, kecuali iuran wajib untuk paguyuban. Bahkan orang-orang sesama kompleks, sangat salut dengan manajemen yang diterapkan Suranti. Sebagian dari mereka ikut bergabung dengan paguyuban Sutra Baru, yang dikomandani Mami Ranti.

Mami Ranti pun pandai dalam mengatur pendapatan anak buahnya, dengan cara merayu para pelanggan, agar tidak monoton memboking satu orang saja saat mereka datang. Diarahkannya dengan menawarkan anak buahnya yang lagi sepi job, Mami Ranti sedikit menurunkan tarifnya. Makanya bagi laki-laki yang suka jajan, tetapi hanya membawa uang pas-pasan, harga dirinya tidak langsung jatuh di hadapan para wanita penghibur yang diminati.

"Mami, terima kasih sekali bantuannya. Saya akan menjadi pelanggan yang setia kalau caranya begini," ucap seorang laki-laki setengah baya di hadapan Mami Ranti.

"Enggak apa-apa, Pak. Saya sekadar membantu. Tapi kalau Bapak ingin mengajak saya, bawa uang yang banyak dong. Hahahahaha ...." kata Suranti, lantas tertawa. "Masa orang secantik saya hanya dihargai segitu. Jelas saya enggak mau, makanya Bapak bisa dengan anak buah saya saja, oke!" Nada suaranya yang terdengar nakal dan manja, tak membuat pelanggannya tersinggung.

"Iya, saya tau. Oke, saya mau dengan yang lain," ujar laki-laki itu.

"Nih, silakan pilih, nanti saya hubungi dia." Mami Ranti menyodorkan beberapa foto ke hadapan laki-laki berkepala botak yang memakai kaos warna putih bertuliskan *'remember'* di dadanya.

Lalu, laki-laki itu menunjuk ke salah satu foto di depannya.

"Oke, tunggu sebentar," ucap Mami Ranti sembari mengangkat ponselnya.

***

Sore itu, yang datang ke kompleks Bukit Cinta lumayan ramai. Termasuk anak binaan Mami Ranti juga ada yang kebagian job. Suranti sendiri agak kewalahan melayani berbagai pertanyaan dan tawar-menawar tarif dari beberapa tamu yang datang. Hingga dia sampai tidak mengetahui kalau di antara laki-laki yang datang itu, ada Aris.

"Mas Aris? Kok, tahu kalau aku pindah ke sini?" Wajah Suranti tampak terkejut menatap laki-laki yang selama ini telah mengisi hatinya.

"Dua hari aku keliling daerah Sragen, untuk mencarimu, Ranti," ujar Aris dengan tersenyum.

"Ooh. Maafkan aku, Mas. Dulu semua serba mendadak." Suranti lantas beranjak dari tempat duduknya.

"Mbak Yayuk, tolong ini kamu urusi, ya. Aku akan ada acara dengan Mas Aris." Lanjutnya meminta bantuan ke Yayuk.

"Iya, Mami. Siap," ujar Yayuk.

Lantas Suranti menarik tangan Aris menuju ke kamarnya. Laki-laki yang memang sudah jatuh hati sama Suranti itu pun tak menolak.

"Maafkan aku, ya Mas. Aku harus kembali ke pekerjaan lamaku," ucap Ranti sembari duduk di bibir ranjang.

"Justru aku jauh-jauh datang ke sini, ingin menguatkan niatku, Ranti." Aris pun ikut duduk di samping wanita cantik itu.

"Kamu masih ingin menikahi aku, Mas? Tak jijik dengan kondisiku seperti ini?"

"Apa perlu aku berulang-ulang mengatakannya lagi padamu?"

Suranti terdiam. Mungkin dia lagi berpikir tentang niat dan kesungguhan Aris. Ditatapnya seluruh ruangan kamar, wajah cantiknya berubah menjadi sendu.

"Kamu masih meragukanku, Ranti?" tanya Aris sembari menatap wajah wanita cantik yang ada di sampingnya.

Suranti menggeleng. "Tapi, Mas?"

"Tapi, apa?"

"Gimana dengan suamiku yang pertama?" Suranti balas menatap wajah Aris.

"Nanti aku yang ngurus. Hanya satu permintaanku, kamu bersungguh-sungguh mau menerima niatku mengangkatmu dari kubangan kotor ini," kata Aris dengan lembut.

Suranti terkesirap mendengar perkataan laki-laki yang duduk di sampingnya itu. Tak terasa air mata wanita cantik menetes di pipi. Aris dengan sigap meraih tisu yang ada di atas meja dan mengusap butiran bening, yang membasahi pipi wanita yang dia cintai itu.

Kemudian Suranti merebahkan kepalanya di dada Aris. Hatinya sangat tersentuh dengan niat tulus Aris yang ingin mempersunting dirinya tanpa memandang hina status yang disandang wanita cantik yang sering dipanggil dengan sebutan Mami Ranti.

Di luar langit mulai gelap, pertanda petang menjelang. Lampu-lampu penerang kompleks Bukit Cinta telah dinyalakan. Hamparan luas air waduk, bagaikan hamparan permadani berwarna hitam. Pekat, terlihat semua perahu telah ditambatkan di dermaga.

Sama dengan kedua insan anak manusia berlainan jenis yang berada di satu kamar. Mereka tampak sedang asik menambatkan hasratnya, mungkin karena saling membutuhkan. Perkara itu dosa atau tidak, kenyataannya banyak yang melakukan.

BAB. 26. PERNIKAHAN KEDUA

Suranti akhirnya resmi berpisah dengan suaminya yang pertama, setelah semua masalah dengan Kang Trimo diselesaikan dengan baik-baik oleh Aris. Bahkan secara resmi dari putusan pengadilan, wanita cantik berhak menikmati harta gono-gini dari Kang Trimo yang jumlahnya lumayan. Namun, dia tidak ingin menikmatinya sendiri. Sebagian harta gono-gini yang dia terima dari suami pertama, dia sumbangkan ke salah satu panti asuhan di sekitar Purwodadi. Suranti juga tidak lupa membagi-bagi rezekinya untuk para anak buahnya yang masih berada di kompleks Bukit Cinta.

Wanita cantik itu datang sendiri menyambangi teman-temannya itu, didampingi calon suaminya yang bernama Aris. Duda anak satu itu memang berniat sungguh-sungguh ingin mengentaskan Suranti dari lembah hitam dan kehidupan yang penuh noda.

Saat matahari berada di atas kepala, Suranti didampingi Aris datang ke kompleks Bukit Cinta. Ada keharuan waktu Suranti menyatakan niat keluar dari komplek itu, karena akan menikah dengan seorang laki-laki. Anak buahnya sampai ada yang menangis menjerit-jerit, mendengar kalau akan ditinggal Mami Ranti bos mereka.

"Mami, terus nasib kami nanti gimana? Kalo Mami meninggalkan kami di sini?" Rengek Yayuk. Terlihat yang lainnya pun tampak cemas wajahnya.

"Iya, Mami. Tanpa Mami, bagaimana kami bisa bertahan dari hidup seperti ini?" imbuh Ayu yang juga tak ingin Mami Ranti meninggalkan mereka.

"Udah. Kalian tenang aja. Saya ke sini ingin memberikan bantuan modal, buat semuanya. Terserah, mau kalian pakai usaha atau yang lainnya. Tapi pesanku cuma satu: kalau bisa secepatnya tinggalkan tempat ini, dan jangan lupa satu minggu lagi kalian akan dijemput untuk menghadiri pernikahanku dengan Mas Aris," papar Ranti sembari melirik Aris yang ada di sampingnya. Laki-laki yang dilirikny a menganggu k tersenyum.

"Horeee ..., Mami kita mau menikah!" Teriak salah satu anak buahnya. Lalu yang lainnya ikutan berteriak juga. Karena mungkin saking hebohnya, itu mengundang perhatian orang-orang yang berada di sekitar mereka duduk.

Setelah itu, Suranti dibantu Aris dan Yayuk sibuk membagi bantuan modal buat para anak buahnya yang berjumlah 29 orang. Semua mendapatkan bagian yang sama rata.

***

Acara pernikahan Suranti dan Aris, dilaksanakan secara sederhana tetapi cukup meriah. Dihadiri para relasi bisnis Aris serta rekan-rekan Suranti eks penghuni Kampung Sutra Baru yang sudah pindah ke kompleks Bukit Cinta di daerah Sragen.

Tampak Juarmi ibu Suranti mendampingi anak perempuannya itu. Alisa anak Aris terlihat dipangku Suranti dengan wajah ceria. Mungkin dia merasa, sebentar lagi akan mempunyai seorang ibu lagi, walaupun, ibu sambung alias ibu tiri. Namun, sejak bertemu untuk pertama kalinya, Alisa sudah bisa menerima Suranti di rumahnya.

Sebenarnya niat Aris untuk menikahi Suranti banyak mendapat cibiran dari rekan-rekan bisnisnya, tetapi Aris tetap bergeming. Dia menyampaikan berbagai alasan, mengapa dia bisa jatuh cinta kepada seorang wanita penghibur. Di samping Aris memang sangat menyukai Suranti, bagi dirinya wanita cantik itu bagaikan cahaya terang di kegelapan. Makanya, rekan-rekan Aris yang semula mencibir berubah menjadi simpati dan tak mempermasalahkan masa lalu istri Aris itu.

Sore itu, pesta kecil pernikahan Aris dan Suranti telah usai. Tamu-tamu sudah terlihat meninggalkan rumah Aris, kecuali teman-teman Suranti, masih meramaikan rumah Aris. Mereka sungguh sangat terlihat bahagia, setelah Mami mereka mendapatkan jodoh yang memang betul-betul menyayanginya. Teman-teman Suranti itu memang disuruh menginap satu malam di rumah Aris. Tak heran, semua menu yang ada dapat mereka cicipi satu persatu tanpa ada rasa sungkan.

Juarmi malah diminta Aris agar mau bertempat tinggal jadi satu dengan keluarganya. Ibu Ranti itu sungguh terharu dengan perhatian menantunya itu. Dia malah mendapat panggilan nenek dari Alisa, anak perempuan Aris dengan istri sebelumnya.

"Gimana Alisa, kamu senang, kan?" tanya ayahnya.

"Senang sekali, Ayah. Aku sekarang punya ibu dan nenek lagi." Wajah anak perempuan yang masih duduk di bangku SMP itu, terlihat sangat gembira sekali.

"Ntar malam, Alisa bobok sama nenek, ya?" Lanjutnya sembari menoleh ke arah Juarmi.

"Iya Lisa. Nenek juga senang ada temannya tidur," jawab ibu Suranti itu.

***

Malam telah menjelang, Aris dan Suranti masih mendampingi tamu-tamu yang baru datang. Sementara, temante-man Suranti terlihat sibuk membersihkan sebagian ruangan yang sudah tak terpakai untuk acara. Juarmi dan Alisa ada di dalam kamar.

"Nek, Alisa bobok dulu, ya? Besok masuk sekolah," ujar anak perempuan Aris itu.

"Iya, ya. Alisa harus bobok. Biar besok pagi tidak terlambat," ucap Juarmi yang berbaring di samping Alisa.

"Nenek jangan pergi, ya?" Juarmi mengggangguk tersenyum.

Di kamar lainnya, tampak Suranti dan Aris juga telah berada di atas tempat tidur, setelah semua tamu pulang, serta malam semakin larut. Tak ada perbincangan di antara mereka berdua, tetapi yang ada hanya gerakkan-gerakkan mesra yang dilakukan. Keduanya saling memandang, memegang, dan memeras. Diiringi redupnya lampu kamar yang dibuat tak begitu terang. Seredup dan sesyahdu kehangatan yang dirasakan pasangan suami istri yang telah resmi mulai pagi tadi.

Sementara, di luar masih ada beberapa orang yang belum tidur. Mungkin mereka ingin begadang, sambil ditemani suara musik yang terdengar pelan dan secangkir kopi untuk menghilangkan udara dingin, yang mulai menusuk tulang.

BAB 27. API DENDAM

Tiga bulan sudah pernikahan Suranti dan Aris berlangsung tanpa ada kendala atau gangguan apa-apa. Bahkan hubungan anak Aris, yang bernama Alisa dengan ibu tirinya itu bertambah akrab, begitu juga dengan neneknya, Juarmi. Alisa seperti kembali menemukan kasih sayang yang lengkap dan utuh. Aris pun tak sia-sia mempersunting Suranti, mantan seorang wanita penghibur. Laki-laki pengusaha itu mungkin sudah meyakini kalau Suranti memang sudah ditakdirkan untuk mengisi kehidupannya sebagai istri. Lebih-lebih saat wanita cantik itu diserahi salah satu perusahaannya, ternyata Suranti dapat menangani dengan baik. Aris lebih bangga lagi, saat perusahaan yang dipegang Suranti membutuhkan karyawan baru, dia mengajak sebagian mantan teman-temannya yang ada di Bukit Cinta.

"Boleh kan, Mas? Aku mengajak sebagian temanku yang ada di Bukit Cinta untuk bekerja di perusahaan ini? Niatku cuma satu, biar mereka kembali hidup normal dan bisa menjadi manusia yang lebih baik. Tidak terus-menerus berkecimpung di kubangan dosa," papar Suranti.

"Boleh-boleh saja. Aku percaya kok, kamu pasti bisa mengubah mereka menjadi lebih baik," ujar Aris sembari tersenyum, saat mereka berdua sedang bersantai di teras rumah.

***

Di lain tempat, tepatnya di depan Lembaga Pemasyarakatan Kota Rembang, Didik mantan pacar Suranti telah bebas dari penjara. Dia terkena hukuman sekitar 5 bulan, karena dulu terbukti menganiaya Suranti dan Aris.

Begitu keluar dari penjara, Didik langsung naik bus jurusan Surabaya.

"Aku ingin mencari Suranti di Kampung Sutra Baru. Ingin minta maaf," gumamnya setelah berada dalam bus.

"Turun mana, Mas?" tanya kondektur bus.

"Kampung Sutra Baru, Tuban," jawab Didik sembari menyerahkan selembar uang. Kondektur itu pun lantas memberikan kembaliannya pada Didik. Terlihat laki-laki mantan *sales* salah satu produk makanan itu lantas memejamkan kedua matanya

Satu setengah jam, bus yang ditumpangi Didik telah berhenti tepat di depan Kampung Sutra Baru. Namun, begitu Didik turun dari bus, wajahnya tampak sangat kaget. Di depannya sudah tidak ada lagi warung-warung dan gapura masuk bertuliskan Kampung Sutra Baru. Sebaliknya yang dia lihat, beberapa pekerja bangunan sedang menata besi cakar ayam untuk sebuah bangunan. Laki-laki berumur sekitar dua puluh lima tahun itu seperti tak percaya, sampai dia kemudian tampak bertanya ke orang-orang yang ada di sekitar lokasi.

Beruntung ada salah satu pekerja yang ada di lokasi, mengetahui ke mana pindahnya penghuni Kampung Sutra. Tanpa menunggu lama, Didik kembali naik bus jurusan Pati. Setelah tiba di Pati, dia berganti bus jurusan Purwodadi. Begitu tiba di Terminal Purwodadi, Didik langsung berpindah ke bus jurusan Solo.

Didik tiba di Bukit Cinta sesuai petunjuk yang diberikan orang yang ditemuinya di Kampung Sutra Baru tadi pagi. Namun untuk kedua kalinya Didik tak bisa bertemu dengan Suranti. Menurut informasi yang dia terima dari salah seorang penghuni Bukit Cinta, Suranti sudah menikah dengan seorang duda kaya raya. Teman-temannya juga sudah tidak lagi berada di kompleks yang terletak di perbukitan itu. Mereka telah ikut bekerja di beberapa perusahaan milik suami Suranti.

"Aris," gumam Didik. Tampaknya dia tak begitu senang mengucapkan nama itu.

"Lagi-lagi, laki-laki tua itu yang menghalangi niatku untuk mendekati Suranti. Awas kamu, Ris. Aku akan membuat perhitungan denganmu. Karena kamulah, aku masuk penjara. Aku rela kembali masuk penjara, asal hidupmu tak bahagia," ujar Didik pada dirinya sendiri.

"Iya, iya. Betul, Aris nama suami Suranti. Mas kenal juga?" tanya seorang wanita cukup cantik yang ditanya Didik, sejak dia datang di Bukit Cinta.

"Ah, *ndak* juga," jawab Didik agak kaget ditanya begitu.

"Kenapa *tho*, Mas? Kok, mencari orang yang udah enggak ada di sini, dengan aku saja, gimana?" Wanita berumur kira-kira 30 tahun itu menawarkan jasanya. Didik lantas menatap tajam wajah wanita itu, yang ditatapnya terlihat melempar senyum.

Didik lantas menganggguk pelan, mungkin pertimbangan dia, hari sudah mulai gelap. Bila Didik ingin langsung ke Juwana malam itu, tentu sudah tidak ada bus dari Solo ke Purwodadi. Pertimbangan kedua, dia ada dipenjara hampir lima bulan, tentunya hal yang normal bisa Didik juga butuh untuk melampiaskan yang sudah lama dia pendam, selama dia berada dalam sel tahanan.

Setelah terjadi kesepakatan antara Didik dan wanita itu, keduanya bergegas menuju ke sebuah kamar yang ada di belakang warung. Malam semakin tertawa, mentertawakan polah dan tingkah anak manusia yang beraneka ragam dilakukan malam itu. Ombak air di waduk pun turut bergelombang pelan, tersapu angin nakal yang menyapanya. Bintang-bintang di langit terlihat malu, menyaksikan beberapa manusia lain jenis yang saling melampiaskan nafsu, di kawasan kompleks Bukit Cinta yang memang menyediakan untuk berbuat seperti itu.

BAB 28. RELA BERKORBAN (1)

Pagi itu, matahari tertutup awan gelap. Mendung yang menyelimuti kota kecil Juwana tidak menyurutkan aktivitas manusia. Seperti juga terlihat di sebuah rumah cukup besar di pinggir jalan raya Semarang-Surabaya, atau yang lebih dikenal dengan jalan Pantura. Kota Juwana memang dilintasi jalan pantai utara Jawa, walaupun kota kecil banyak kendaraan jarak jauh sering berlalu-lalang.

Rumah cukup besar itu milik Aris, seorang pengusaha sukses di kota Juwana. Pagi itu, semua karyawannya sudah tampak sibuk bekerja. Aris sendiri terlihat sedang duduk di teras bersama Suranti, sang istri. Mereka tampak berbincang-bincang serius, mungkin ada satu masalah yang harus dibicarakan.

"Ranti, hari ini dan besok aku akan ke Kendal. Tolong nanti semua urusan kamu yang tangani. Sebab ini proyek cukup besar, jadi aku harus datang sendiri," kata Aris pada istrinya.

"Iya, Mas. Tapi hari ini nanti aku boleh kan, ngantar Alisa ke Pati?" tanya Ranti sembari menatap suamiya.

"Memang ada acara apa?" Aris balik bertanya.

"Itu, mencarikan keperluan sekolahnya. Di Juwana kata dia tidak ada."

"O, gitu. Ya, udah. Enggak apa-apa. Biar nanti diantar si Doni pakai mobil satunya."

"Iya, Mas. Terima kasih."

"Aku mau persiapan dulu. Tolong beritahu Eko, kuajak berangkat sekarang." Aris lantas masuk ke rumah. Sementara, Suranti mencari sopir pribadi Aris di garasi mobil yang terletak di samping rumah.

Awan gelap yang sejak subuh tadi menyelimuti Kota Juwana, berangsur menghilang. Hujan tampaknya tidak jadi turun. Matahari yang sempat tak kelihatan, mulai menampakkan sinarnya.

Aris suami Suranti sudah pergi. Sementara Alisa dan ibu sambungnya sudah bersiap-siap untuk pergi juga.

"Kamu sudah siap, Sayang?" tanya Ranti pada anak tirinya.

"Tinggal pakai sepatu, Bu," jawab Alisa.

"Cepetan dikit, takutnya nanti kamu terlambat."

"Iya, Bu." Alisa tampak bergegas membenarkan tali sepatunya.

Setelah siap dan Suranti pun sudah memberitahu Juarmi yang masih sarapan, Suranti dan Alisa berjalan keluar rumah. Di halaman depan sudah menanti satu mobil warna putih yang akan mengantar mereka.

"Bang Doni, nanti setelah mengantar Alisa, kita langsung ke tempat pelelangan ikan," kata Suranti pada sopirnya."

"Siap, Bu!"

Tak lama kemudian, mobil itu meninggalkan rumah pengusaha kaya itu dan melaju ke arah sekolah Alisa. Sampai di depan sekolahnya, Alisa turun.

"Entar siang ibu jemput, ya? Kita langsung ke Pati," ujar Suranti. Alisa mengangguk, lantas berjalan menuju ke kelasnya. Mobil warna putih itu pun lantas meninggalkan sekolah Alisa.

***

Sekitar jam dua siang, tampak Suranti dan Alisa sudah berada di sebuah mal tersebar di Kota Pati. Mereka berdua berkeliling dari lantai satu kemudian pindah ke lantai dua. Melihat keranjang dorong yang ada di dekat Suranti, tampak penuh dengan barang belanjaan. Mungkin Suranti sekalian membeli kebutuhan pokok untuk satu bulan ke depan.

"Ini, belanja untuk kebutuhan sehari-hari udah cukup. Sekarang tinggal mencari kebutuhan Alisa," ujar Suranti.

"Kita ke lantai dua lagi, Bu. Di sana tasnya bagus-bagus," kata Alisa.

"Ayo! Nih, belanjaan kita titipan dulu ke tempat penitipan."

Setelah hampir dua jam menghabiskan waktu untuk belanja, ibu dan anak itu keluar dari mal menuju tempat parkir. Namun, saat tiba di depan mal, Suranti sangat terperanjat. Tak disangka dia bertemu Didik, mantan pacar Suranti yang dulu pernah menganiaya dia dan suaminya, hingga Didik di penjara.

"Halo, Ranti. Kebetulan kita bertemu di sini," ujar Didik dengan senyum menggoda.

"Mas Didik. Jangan kurang ajar. Aku teriak nanti," Suranti protes. "Kapan kamu keluar dari penjara?"

"Dua hari yang lalu. Aku cari kamu di tempat yang lama, eee ... enggak taunya ketemu di sini, hehehehe ....." Didik tertawa lebar.

"Terus, mau apa lagi? Kamu belum kapok juga di penjara?"

"Aku minta lagi janjimu yang dulu." Didik sedikit membentak.

"Om, jangan ganggu ibuku. entar aku berteriak. Toloong ... Tolooong!" Alisa yang sedari tadi hanya diam dan melihat ibunya diganggu orang, spontan berteriak. Melihat banyak orang menoleh ke arah Alisa berteriak, Didik langsung pergi begitu saja, meninggalkan Suranti dan Alisa.

"Ee ... ada apa, Dek?" tanya seorang laki-laki yang kebetulan ada di sekitar situ.

"Tuh, orangnya sudah lari. Dia tadi ganggu ibuku," ujar Alisa.

"Tapi kalian enggak apa-apa, kan?" tanya laki-laki itu. Alisa dan Suranti menggeleng.

"Terima kasih, Mas," ucap Suranti. Laki-laki itu menganggguk, lantas pergi.

Kemudian ibu dan anak itu bergegas ke mobilnya dan segera memerintahkan sang sopir meninggalkan mal. Mobil warna putih itu pun mulai meninggalkan tempat parkir, tanpa mengetahui di belakang mobil itu ada yang membuntutinya. Dua orang laki-laki dengan naik sepeda motor dan memaka helm, hingga tak jelas wajahnya.

Setengah jam perjalanan, mobil warna putih masuk ke halaman sebuah rumah cukup besar. Begitu mobil berhenti, turunlah Suranti dan Alisa. Sang sopir membuka bagasi mengeluarkan barang-barang belanjaan. Saat Suranti akan masuk ke dalam, tak sengaja menatap ke arah jalan raya yang melintas di depan rumahnya. Matanya menatap tajam dua orang laki-laki yang tampak di atas sepeda motor dan berhenti tepat di depan pintu gerbang rumahnya.

"Mas Didik, mau apa dia mengikuti aku?" gumam Suranti dengan wajah cemas.

"Ada apa, Bu. Kok, tampaknya gugup gitu?" tanya Alisa saat melihat raut wajah Suranti.

"Udah, enggak ada apa-apa. Ayo masuk!" Ajak Suranti sembari menoleh kembali ke arah jalan. Didik sudah tidak tampak.

***

Malam itu hujan cukup deras membasahi Kota Juwana, membuat aktivitas manusia terganggu. Orang-orang yang biasanya nongkrong di warung depan rumah Aris juga hanya beberapa terlihat, tetapi setelah selesai minum kopi lalu, pulang. Pak Triman pemilik warung itu pun terdengar agak mengeluh, karena hujan belum juga reda.

"Aduh, kalau hujan deras gini. Bakal enggak habis entar daganganku," ucap Pak Triman dengan wajah cukup cemas.

"Eee ... Pak Triman. Kita syukuri saja. Hujan begini, juga rezeki. Khususnya bagi para petani," sahut salah satu pembelinya.

"Iya, Pak. Entar kalau hujan reda, para pelanggan juga ke sini," timpal satunya yang duduk di pojok.

"Iya, deh. Moga-moga, Bos Aris nih, malam juga enggak di rumah," kata Pak Triman.

"Emang dia ke mana?" Seorang laki-laki yang berkerudung sarung.

"Dengar-dengar ke Kendal dua hari. Ngurus bisnisnya di kota itu," jelas Pak Triman.

Tiba-tiba, ada sebuah sepeda motor datang di warung Pak Triman. Orang yang membonceng motor itu turun dan melepas jas hujannya lalu, masuk ke warung.

"Kopi satu, Pak," ucap laki-laki yang baru masuk.

"Baik, Mas. Silakan duduk," kata Pak Triman dengan ramah. Sementara, terdengar deru motor menjauh, itu tadi mungkin tukang ojek yang mengantar laki-laki yang baru masuk ke warung Pak Triman.

"Ngomong-ngomong, Mas bukan orang sini, ya? Mau ke mana malam begini?" tanya Pak Triman.

"Saya dari Purwodadi, Pak. Ingin mengunjungi saudara. Kalau rumah Pak Aris pengusaha kaya itu mana ya, Pak?" Aris balik bertanya.

"Ooo ... saudaranya Bos Aris?"

"Bukan. Istrinya yang saudara saya," ucap laki-laki itu.

"Istri yang dulu atau sekarang, Mas?" Pak Triman bertanya lagi.

"Yang sekarang."

"Itu rumahnya. Entar Mas masuk, ada penjaga malamnya, kok."

"Rumah besar itu, Pak?"

"Iya, hanya dihuni lima orang."

Laki-laki itu lalu menatap ke rumah Aris yang lampunya sudah mulai diredupkan karena hujan deras. Sementara dua orang pelanggan Pak Triman sudah cabut pulang. Tinggal Pak Triman dengan laki-laki yang mengaku saudaranya istri dari Aris.

Pak Triman sempat curiga dengan gerak-gerik laki-laki yang sering kali menatap ke arah rumah Aris. Namun, karena laki-laki itu mengaku saudara dari istri pemilik rumah, kecurigaan pemilik warung kopi itu pun hilang.

"Mas, enggak segera ke sana. Mungkin Bu Arisnya belum tidur." Pak Triman memberi saran. Hujan masih belum juga reda.

"Iya, Pak. Saya habiskan dulu kopinya," ucap laki-laki itu sembari tangannya meraih gelas di depannya.

Setelah membayar kopi yang diminumnya, laki-laki itu kembali mengenakan jas hujan dan berjalan menuju ke rumah Aris. Pak Triman hanya mengiringi kepergiaannya dengan tatapan tanpa curiga.

BAB 29. RELA BERKORBAN (2)

Gelap masih menyelimuti suasana rumah Aris, apalagi hujan deras masih belum juga reda. Petugas keamanan rumah pengusaha itu telah terlelap di pos. Padahal terlihat, ada seseorang mendekati di mana dia tertidur. Hingga saat orang itu memutus kabel telepon antar ruang dan dengan sigap membungkam mukanya dengan kain kecil, petugas keamanan itu hanya bereaksi sekejap, setelah itu terdiam.

Setelah melumpuhkan petugas keamanan, orang itu bergegas menuju ke rumah utama. Begitu sampai di depan pintu, dia perlahan membukanya. Namun, ternyata dikunci dari dalam, lalu orang itu meraba-raba jendela kaca besar di sebelah pintu utama. Dia pelan-pelan mencongkel jendela itu, sekali dua kali tidak berhasil. Hingga yang ketiga, jendela itu bisa dibuka secara paksa.

Orang itu lantas dengan leluasa masuk ke rumah besar yang nyala lampunya sudah diredupkan semua. Dia berjalan menuju ke sebuah kamar, melewati ruang tamu dan ruang keluarga.

"Benar-benar kaya raya suami Suranti. Perabot rumahnya mahal-mahal," gumam orang itu.

Tiba di depan pintu sebuah kamar yang menyatu di ruang keluarga, pelan-pelan orang itu membuka pintu. Dilihatnya seorang wanita berbaring tidur pulas.

"Ooo ... ibunya Suranti. Tapi ini kalau tidak dibereskan dulu, bisa jadi penganggu," ucap orang itu. Pelan-pelan dia masuk, sembari tangannya menyemprotkan cairan pada selembar kain. Lalu, tangan orang itu dengan sigap membekap muka dan mulut wanita setengah baya yang terbaring di atas tempat tidur itu.

"Uuhhh ... Uuhhh ...." Hanya terdengar sebentar, lantas terdiam.

Orang itu lantas keluar dari kamar Juarmi menuju ke kamar yang lain. Di bukanya salah satu pintu kamar dengan perlahan, lalu dilihatnya seorang gadis tampak tidur pulas.

"Itu pasti anak perempuan Aris, cantik juga," gumam orang itu, lalu beralih menuju ke kamar berikutnya, tanpa menutup pintu kamar anak Aris. Orang itu lantas melangkah ke kamar sebelahnya lagi. Pintu kamar itu pun tidak terkunci, orang itu pelan-pelan membukanya, dan seketika jakunnya turun naik. Matanya begitu nanar menatap tubuh Suranti yang tergolek dengan rok yang tersingkap ke atas. Hingga paha mulusnya terlihat jelas.

Lantas orang itu perlahan-lahan mendekati tempat tidur Suranti, dengan menggenggam sebilah pisau kecil di tangan. Namun, saat ingin memegang tubuh wanita cantik yang terbaring di atas ranjang itu, tanpa sengaja tangan kirinya menyenggol satu barang di atas meja rias dan jatuh ke lantai.

Klontaaaaang!

Suara benda jatuh ke lantai itu, membuat Suranti terbangun. "Hai, siapa kamu!" Bentak Suranti begitu membuka matanya.

"Huuusss ...!" Jari telunjuk orang itu diletakkan di mulutnya.

"Mas Didik! Mau apa, kamu?" teriak wanita cantik itu sembari merapat ke tembok.

"Diam! Atau pisau ini akan menggorok lehermu yang mulus itu!" borang yang dipanggil Didik itu. Laki-laki itu lantas bergegas mengunci pintu dari dalam.

"Kenapa kamu selalu mengganggu hidupku?" tanya Suranti dengan nada sedikit berteriak.

"Udah, *ndak* usah berteriak. Sekali kamu teriak, aku tak segan-segan menghabisi nyawamu, tau!" ucapa Didik, lalu duduk mendekati Suranti.

"Kau mau apa, Mas?"

"Aku mau minta jatahku yang kamu janjikan dulu."

"Mas, jangan. Aku sudah punya suami. Aku bukan lagi Suranti yang dulu. Aku ingin jadi wanita baik-baik," kata Suranti.

"Wanita baik-baik. Hahahaha ....! Kamu itu, di mataku masih sama seperti wanita-wanita yang ada di lokalisasi dan pelayan laki-laki hidung belang, ngerti!" bentak Didik terlihat emosi. Wajah Suranti terlihat sangat cemas.

"Udahlah, Mas. Kamu minta uang berapapun, aku beri! Asal jangan ganggu aku lagi," pinta Suranti dengan nada memelas.

"Uang? Iya. Aku memang perlu uang!" Tapi tidak hanya itu," kata Didik.

"Apa lagi yang kamu inginkan, Mas?"

"Lima bulan aku di penjara. Itu gara-gara kamu dan suamimu. Dingin, sementara kamu dan suamimu mentertawakan diriku," ucap Didik sembari mendekat ke arah Suranti.

"Aku juga menginginkan dirimu, Ranti." bisik Didik di telinga wanita cantik itu.

"Jangan, Mas. Jangan!" Tangan Suranti menahan tubuh Didik.

"Kamu tau? Ini apa?" Didik mendekatkan pisau kecil di dekat leher Suranti. Mata Suranti tampak ngeri melihat benda tajam itu. Akhirnya Suranti pasrah saat Didik mulai bereaksi, Didik pun tersenyum menyerengai begitu melihat sikap wanita cantik di dekatnya itu tampak menyerah.

Hujan deras masih mengguyur, disertai satu dua kilatan yang mengerikan. Sementara di sebuah kamar, Didik dengan semangat menggebu-gebu memperlakukan tubuh Suranti sesuka hatinya. Suranti sendiri hanya bisa mendesah lirih, bercampur isak tangis tanpa bisa terdengar orang lain. Mendengar isak tangis dan rintihan Suranti, tampaknya Didik tak peduli. Bahkan dia berkali-kali naik turun di atas tubuh wanita cantik itu seperti tak punya rasa lelah.

Setelah merasa sangat puas hasratnya tersalurkan, Didik pun turun dari tubuh Suranti. Dia berbaring di samping wanita cantik itu dengan badan penuh keringat.

"Terima kasih ya, Ranti. Sekarang aku akan pergi. Siapkan uangnya. Tapi ingat, setiap ada kesempatan, aku akan datang lagi," kata Didik sembari mengenakan pakaiannya kembali. Suranti pun bergegas memakai piyamanya dan membuka laci meja mengambil uang, lalu diserahkan pada Didik.

Lantas, Suranti kembali berbaring kembali di atas tempat tidur.

"Sekarang kamu pergi, Mas!" kata Suranti.

"Oke!" Didik lantas keluar dari kamar Suranti dan menutup pintunya. Didik melangkah pelan-pelan. Namun, saat laki-laki itu melewati depan kamar Alisa yang terbuka, mata Didik terbelalak, melihat rok yang dipakai Alisa anak Aris tersingkap ke atas. Jakun Didik naik turun. Lalu, perlahan Didik mendekati Alisa anak perempuan Didik yang baru berumur 15 tahun itu.

"Ini kesempatanku untuk membalas sakit hatiku pada Aris keparat itu. Dia juga yang menjebloskan aku ke penjara," ucap Didik dengan mata penuh tatapan dendam.

Setelah dekat dengan tubuh Alisa, tangan Didik mulai meraba-raba paha mulus milik Alisa dengan pelan. Semakin lama tangan Didik terus naik ke atas, hingga tiba-tiba Alisa tersentak bangun dan berteriak.

"Ibuuu ... Tolooong!" Teriak Alisa dengan keras. Didik panik, dia lantas tanpa sadar tangannya mencekik leher Alisa.

Buuuk! Tengkuk Didik dipukul dengan keras oleh Suranti dengan menggunakan sebatang kayu biasa dipakai sebagai penyangga hiasan di depan kamar Alisa.

Tubuh Didik langsung tersungkur ke lantai dan tak lagi bergerak. Suranti bergegas menarik tangan Alisa menjauh tubuh dari laki-laki yang tergeletak di lantai itu.

"Kamu enggak kenapa-kenapa kan, Sayang?" tanya Suranti bergegas memeluk Alisa.

"Uhuk ... uhuk ... enggak apa-apa, Bu," jawab Alisa yang wajahnya terlihat sangat ketakutan.

"Tolooong! Tolooong!" Spontan Suranti berteriak dengan sangat keras, hingga orang-orang yang ada di luar rumah saat mendengar orang berteriak minta tolong berdatangan. Apalagi hujan sudah mulai reda, banyak orang yang mendatangi rumah Aris di saat fajar mulai menyingsing, termasuk Pak Triman.

Orang-orang yang datang terperanjat saat menatap tubuh laki-laki tergeletak kaku di lantai sebuah kamar tak bergerak. Sementara, terlihat juga Suranti dan Alisa anak tirinya saling berpelukan dengan raut wajah terlihat sangat ketakukan.

"Lha, ini kan laki-laki yang tadi malam minum kopi di warungku?" kata Pak Triman setelah melihat wajah orang yang tergeletak di lantai.

Orang-orang yang ada di dekat Pak Triman hanya tampak bengong, mendengar ucapan laki-laki tua pemilik warung kopi di depan rumah Aris itu.

BAB 30. SEBUAH PENGAKUAN

Aris yang baru datang dari Kendal, tak pernah menyangka telah terjadi peristiwa yang memilukan di rumahnya. Dia pagi itu masih sibuk mendampinngi aparat kepolisian yang sedang melakukan penyelidikan. Sementara, di luar rumah Aris banyak orang berkerumun menyaksikan dari luar pagar, di jaga ketat oleh empat anggota bersenjata lengkap. Di antara orang-orang yang berkerumun itu, ada beberapa anak buah Aris dan Suranti. Wajah-wajah mereka terlihat cemas, mungkin sedang memikirkan bos mereka yang sedang dilanda musibah.

Jenazah Didik memang telah dibawa ke rumah sakit untuk diautopsi. Dia mati tergeletak di kamar anak perempuan Aris bernama Alisa. Kematiannya menurut penyidik, akibat terkena pukulan benda keras di tengkuknya. Pukulan itu dilakukan oleh Suranti, istri Aris. Kayu berbentuk lonjong sepanjang kira-kira satu meter telah diamankan polisi sebagai barang bukti.

Di ruang tengah rumah Aris, tampak Suranti, Alisa didampingi dua polwan cantik duduk di sofa berwarna ungu. Suranti masih terlihat syok dan bungkam sejak subuh tadi. Begitu pun Alisa. Ibu dan anak itu belum bisa dimintai keterangan oleh pihak kepolisian.

Polisi baru mendapatkan keterangan dari satu orang, yaitu Pak Triman pemilik warung kopi di depan rumah Aris.

Pak Triman terlihat memberikan keterangan, kalau laki-laki yang mati di rumah Aris itu, sebelumnya minum kopi di warungnya sekitar jam sepuluh malam di waktu hujan deras turun. Sebenarnya Pak Triman sempat curiga, tetapi setelah Didik mengaku sebagai saudara istri Aris yang berasal dari Purwodadi, kecurigaannya pun langsung hilang. Hingga Didik setelah meminum kopinya sampai habis, dia langsung masuk ke rumah Didik. Pak Triman mungkin tak menyangka sebelunmnya akan terjadi peristiwa seperti itu. Sebenarnya, masih ada dua saksi lagi. Pertama Juarmi ibu Suranti, kedua petugas keamanan rumah Aris.

Namun, keduanya masih dirawat di rumah sakit akibat tadi malam dibius oleh Didik dan sampai pagi itu, belum juga sadar.

Di ruang tengah, terlihat Aris juga menenangkan istrinya, sembari memangku Alisa, anak semata wayangnya.

"Sudahlah, Ranti. Kamu ceritakan saja apa yang sebenarnya terjadi. Biar pihak kepolisian bisa cepat menangani masalah ini," ujar Aris sambil menggenggam tangan kiri Suranti.

"Betul, Bu. Kami akan senang sekali, bila Bu Ranti segera bicara. Agar beban yang ibu tanggung cepat berkurang. Benar atau salah posisi ibu dalam peristiwa ini, nanti pengadilan yang akan menentukan," kata seorang polwan cantik di depannya.

Namun, Suranti masih belum mau bicara. Wanita cantik istri Aris itu, tampaknya masih merasa ketakutan dengan apa yang telah dia lakukan terhadap Didik. Sering kali tatapan matanya masih mengarah ke kamar Alisa yang telah diberi garis polisi warna kuning. Dua polwan itu tampaknya masih sabar menanti istri pengusaha kaya itu mau bicara, memberikan keterangan. Saat itu, Suranti masih berstatus sebatas saksi.

"Gimana ini, Ndan. Sampai saat ini istri saya juga belum mau bicara," keluh Aris pada salah satu polisi yang biasa dipanggil dengan sebutan komandan itu.

"Tenang, Pak Aris. Anak buah saya sedang meneliti CCTV yang ada di rumah bapak sejak tadi malam sampai fajar tadi. Nanti setelah selesai, bisa kitab lihat bersama.

Kemudian, Aris menerima telepon dari salah satu petugas rumah sakit, yang mengabarkan kalau Bu Juarmi dan petugas keamanan rumah sakit sudah sadarkan diri. Mereka berdua sudah dapat dimintai keterangan, dengan menyebut seseorang masuk ke rumah Aris. Hanya itu yang dapat disampaikan, kecuali Juarmi. Ibu Suranti itu sempat melihat wajah Didik, sebelum dia pingsan.

Waktu terus berjalan, siang telah menjelang. Penyelidikan perkara di rumah Aris hampir menemukan titik terang. Setelah pihak kepolisian kembali memutar rekaman gambar CCTV dari tadi malam jam sepuluh. Disaksikan Aris, Suranti, Alisa, Juarmi, petugas keamanan rumah Aris, Pak Trimo, dan juga dari pihak penyidik serta berapa anggota kepolisian.

Terlihat dari awal kejadian, Didik mengendap-endap masuk ke rumah Aris dengan memakai jas hujan, malam itu memang hujan deras.

"Iya, orang itu baru saja keluar dari warungku itu," celetuk Pak Triman saat melihat rekaman CCTV. Walaupun, agak gelap cukup terlihat jelas.

Lantas, Didik membius petugas rumah Aris terlihat jelas di layar monitor ukuran sedang. Setelah itu, dia berusaha membuka pintu utama rumah Aris, tetapi tak berhasil. Didik lalu meraba-raba daun jendela kaca, laki-laki itu tampak mengeluarkan sebuah benda dari tas kecilnya dan berhasil mencongkel jendela. Kemudian dia berhasil masuk ke rumah Aris.

Perlahan dia berjalan, dan membuka pintu kamar yang dihuni Juarmi. Didik mendekati Juarmi pelan-pelan dan membekap mukanya dengan kain yang sudah disemprot obat bius. Sebelum pingsan, tampak Juarmi meronta dan sempat menatap wajah Didik.

"Kurang ajar sekali, Didik!" Komentar Juarmi geram.

Setelah Juarmi pingsan, Didik beralih ke kamar satunya. Pintu kamar itu dibukanya perlahan, tampak Alisa anak perempuan Aris. Namun Didik tidak jadi masuk dan tidak menutup pintu itu lagi. Lantas dia berjalan ke kamar sebelahnya. Dibukanya perlahan pintu itu, dilihatnya Suranti yang tertidur dengan posisi roknya tersingkap. Didik masuk dan menutup pintunya dari dalam.

Sampai di rekaman itu, Suranti tiba-tiba menjerit.

"Tidaaak!" teriak Suranti sangat keras. Terlihat Juarmi dan dua polwan itu berusaha menenangkan istri Aris itu. Saat melihat rekaman itu, wajah Aris tampak geram. Apalagi lama sekali Didik tidak keluar dari kamar istrinya itu, mungkin Aris sudah bisa memperkirakan apa yang diperbuat Didik terhadap istrinya.

Dari rekaman terlihat, saat jam menunjukkan pukul empat menjelang subuh, Didik baru keluar dari kamar Suranti. Namun, saat dia melintas di depan kamar Alisa, tak sengaja dia melihat rok gadis remaja itu tersingkap ke atas. Didik mungkin nafsunya muncul tiba-tiba, dia masuk ke kamar Alisa. Tak berapa lama, terlihat Suranti mengambil kayu penyangga hiasan di depan kamar Alisa, lalu masuk ke kamar Alisa. Setelah beberapa saat ada beberapa orang masuk dengan menjebol pintu utama rumah Aris dan melihat Suranti memeluk Alisa dalam keadaan ketakutan.

Tiba-tiba Suranti menjerit lagi, sambil mulutnya berteriak," Didik telah memaksaku dengan todongan pisau di leherku. Setelah puas, dia juga ingin merusak masa depan anakku. Aku tak terima, kupukul dia dengan kayu itu. Matilah dia, hahahaha ...." Setelah berteriak lantang begitu, tahu-tahu tubuh Suranti lemas, lunglai, dan terkulai di sofa. Pingsan. Orang-orang ada yang ada di sekelilingnya tampak terkejut.

***

Suranti terlihat meringkuk di dalam sel. Baju tahanan yang dipakainya tampak kebesaran. Dia didakwa menghilangkan nyawa seseorang, walaupun dengan alasan membela diri. Sudah dua hari dia di penjara, sambil menunggu penyelidikan selesai dan menunggu persidangan.

Alisa tampak menangis saat melihat ibu sambungnya itu di dalam sel. Siang itu dia menjenguk bersama bapaknya dan Juarmi nenek Alisa.

"Ibu, Ibu. Alisa kasihan sama Ibu," kata Alisa lirih.

"Sudahlah Alisa. Ibu enggak apa-apa. Yang penting kamu selamat, Alisa. Ibu berani berkorban begini, demi kamu sayang. Ibu sangat sayang sama kamu," ujar Suranti sembari memegang tangan anak tirinya itu melalu jeruji besi.

"Aku akan mencari pengacara untuk membantumu, Ranti. Biar hukumanmu menjadi ringan. Aku akan tetap menantimu bersama Alisa dan Ibu," kata Aris dengan nada terbata-bata.

"Iya, Ranti. Kamu yang sabar ya, biar Nak Aris berusaha yang terbaik untukmu," sambung Juarmi.

“Mas Aris, Ibu, dan Alisa. Terima kasih atas perhatian kalian. Aku tetap harus mempertanggungjawabkan perbuatanku,” ucap Suranti.

Lantas ketiganya meninggalkan ruang tahanan, karena waktu berkunjung telah habis. Aris dan Alisa kembali menatap Suranti saat akan keluar dari ruangan tahanan. Raut wajah Suranti terlihat trenyuh memandang kepergian orang-orang yang disayanginya. Suranti tampaknya sudah pasrah dengan apa yang akan dijalaninya nanti. Mungkin dia tak pernah menduga, jalan hidupnya yang penuh liku. Dari anak penjual kopi, lalu nikah muda, cerai dengan suami pertama, lantas berpetualang menjadi wanita penghibur, sampai dia terbiasa dipanggil dengan sebutan 'Mami'. Hingga dia dipinang oleh pengusaha kaya raya dipernikahannya yang kedua, sampai pada akhirnya, wanita cantik itu harus merasakan dinginnya lantai penjara, demi mempertahankan sebuah kesucian serta harga dirinya sebagai seorang wanita dari sifat serakah seorang laki-laki seperti Didik.

Purwodadi, 15 Maret 2021

TAMAT

TENTANG PENULIS

Slamet Widodo. Lahir di Grobogan, 7 September 1967. Seorang guru di SMPN 1 Toroh, Kabupaten Grobogan, Jawa Tengah. Senang menulis cerpen dan puisi yang telah menjadi sebuah antologi. Belajar menulis novel dengan mengikuti beberapa event tantangan menulis novel dari berbagai penerbit. Sudah ada tiga novel yang berhasil ditulis dan sudah diterbitkan oleh tiga penerbit yang berbeda.

1. Wulandari_RNA Publisher
2. Tumbal Cinci Keramat_Lintang Semesta Publisher
3. Cahaya_2P Publisher

Bukan juara atau piala yang dicari, tetapi hanya ingin ikut menggiatkan dunia literasi di negeri sendiri. Salam Literasi anak negeri.

Nomor HP: 0894641844

Email: surameto.widodo@gmail.com

www.ingramcontent.com/pod-product-compliance
Lightning Source LLC
LaVergne TN
LVHW100351051026
849518LV00003B/977
* 9 7 8 6 2 3 9 6 4 4 6 5 9 *